栃《とち》尾《お》郷《ごう》の虹《にじ》

玄間太郎

本の泉社

栃尾郷《とちおごう》の虹《にじ》——目次

題字　山本敬子
表紙　佐々木こづえ

栃尾郷《とちおごう》の虹《にじ》

玄間太郎

【主な登場人物】

大崎オヨ……少女のころから機織りの天才といわれる。百姓家に嫁ぎ、たゆまぬ努力と苦難の末に新しい栃尾縞紬を創始する。双子姉妹の妹。

六之助……寡黙で正義感の強いオヨの夫。

吉十郎……オヨの父親。里山伏で病や薬草にも通じ村人のよき相談相手。

ふき……オヨの母親。娘の機織りの才能を見出し、励まし続ける。

由吉……オヨの兄。俳諧をたしなみ、若者組の副頭。

植村角左衛門…庄屋。凶作・飢饉のなか稲作だけでは村は救えないと考え、織物の開発に着手。オヨと力を合わせて栃尾縞紬を世に出し、販路を広げるために尽力。

あさ……角左衛門の妻。オヨに栃尾縞紬の教えを請い、長期間通った。

サヨ……角左衛門の養女。オヨと双子姉妹の姉。庄屋に嫁ぎ、孤児たちを養育する。

左兵衛……角左衛門の跡取り息子。飢饉から村を救うべく父親と働く。

きく……オヨの親友。陰になり日向になり生涯オヨを助ける。

高橋庄之助……栃尾郷の大庄屋。植村角左衛門と何かと対立、反りが合わない。

岩次郎……庄之助の息子。盆踊りの晩、オヨを辱めようとした。

第１章　出生

宝暦九年（一七五九）四月十日。

越後の栃尾郷《とちおごう》に双子の姉妹が産声をあげた。

難産の末の小さないのちだった。

桜花がほのかに匂うおぼろの春の夜だった。空気はなま暖かく、白い月がぼんやりと里を照らしていた。

「ああっ、ううっ」

くぐもった呻《うめ》き声が静寂を破った。

何枚も折った布団にもたれて座った、ふきの声だった。腹を押さえ、身をよじり、歯をくいしばっている。

座産の陣痛が始まった。痛くても横たわることはできない。

「ふき、しっかりしいや」

襷《たすき》がけした姑のきよが手を握った。

「大丈夫だ。落ち着いて」

取り上げ婆の、とらが励ました。

「それにしても大きな腹だの」

とらは何十人もの子を取り上げてきた。

産部屋には白いさらし木綿や油紙、盥《たらい》が見える。

明かりも先ほどから魚油から蝋燭《ろうそく》に替わった。

「ううっ」

小さな波だった陣痛が次第に大きな波のうねりとなって、ふきを襲った。

「息め、もっともっと」

ふきは懸命に力む。

「はっはっはっ、ふー。はっはっはっ、ふー」

とら婆のかけ声に合わせる。

陣痛の間隔が次第に短くなり、繰り返し寄せてきた。

「おー」

呻きは叫び声になって響いた。

お産は男子禁制。襖《ふすま》の外には夫の吉十郎と三歳になる息子の由吉がいた。

「怖いよー」

由吉はおびえて吉十郎の胸に飛び込んだ。吉十郎は薬草にも通じ病人の世話もできる里山《やま》伏《ぶし》だが、さすがにお産は手には負えなかった。

「おっかさん、難産だの。助けてやりたいが……」

吉十郎は由吉の手を引き、表に出た。下帯一つになると井戸の水を幾度もかぶって、ふきの安産を願った。由吉は小さなこぶしを握ってじっと見ていた。

ふきの陣痛は間断なかった。

「うおー」

腰が砕けそうな、焼けつくような痛みが獣のような声を上げさせた。

天井から吊るされた産綱にすがった。

「息め、息め」

ふきは顔を真っ赤にして懸命に力んだ。

（命がけで子を産む。それが母親）

二回目の出産だが、あらためて思った。

姑のきよが腹をさすったり額の汗を拭いてやっている。

「ほれ、もうひと踏ん張りだ、がんばれ」

勇ましいとら婆の声が飛ぶ。

「頭がのぞいたぞよ」

ふきは股下に熱いものを感じた。

頭が現れ、体はするりと滑り落ちた。ふきは大きく息をした。

同時に泣き声がした。

ふぎゃー、ほぎゃー
「産まれたよ」

「男？　女？」

「女の子だよ」

姑のきよが言う。

「んだが」

とら婆は腕を組んで、ふきの両膝の間を凝視する。

「これは……」

ふきが再び苦しみ出した。

「うっ、うーん。ううっ、うーん」

眼を見開いてとら婆が叫んだ。

「あいや、双子だや」

「ええっ」

きよも驚く。

「もう一度息め、そうだ、今度は少しは楽のはずだ」

だが、体力の限界に達していた。

「ううー、ううー」

双子は難産だというが……。

四半刻後、やがて股間からもう一つのいのちが生まれ出てきた。

「女の子だよ」

信じられない双子の誕生。

「ほら」

産湯を使ったばかりの二人を抱かせてもらった。

やわらかい桃色の身体。片手に入りそうな頭、もみじのような手足。かわいい泣き声の二重奏。

(やっと生まれてきた。幸せにしてやりたい)

汗で前髪がふりかかる、ふきの眼からポロポロ涙がこぼれた。

睡魔に襲われ、遠のきそうな意識のなかでこの子たちの運命を思った。

白々と東の空が明ける寅の刻、暁七つ(午前四時)だった。

子どもの死亡率は高かった。打ち続く凶作や飢饉《ききん》、麻疹《はしか》や疱瘡《ほうそう》などの流行り病。そして「子返し」といわれた間引きや堕胎もあった。「七歳までは神のうち」といわれ、七歳まで生きられるかどうか危ぶまれた。多くは大人になるまでは生きられなかった。

ふきの心配は募った。

乳をふくませたが、十分には出なかった。それでも一生懸命に吸いついてきた。これから乳をどうするのか。病気をしたらどうしたらよいのか。一人でも大変なのに、何事もすべては二人分だ。

ふきには、もう一つ大きな心配事があった。

双子は忌み嫌われ、世間の眼は冷たかった。

双子を産んだ母親は「畜生腹」といわれた。人間は一人で生まれてくるのが正常で、一度に二人以上生まれるのは動物と同じだというのだった。男と女の双子は「心中の生まれ変わり」とまで言われた。双子を共に育ててはならぬ。一人を捨て子にするか間引きするか、密かに寺や裕福な家に預けて育ててもらうか。それ以外に生かす道はなかった。

（二人をこの手で育てたい）

だが、夫の吉十郎はどう言うだろう。

生まれた喜びと不安が入り組んで複雑に交差するのだった。

ふきの気持ちを思いやりながらも吉十郎の打つ手は早かった。

「とら婆さん、ありがとうござんした」

礼をのべ、「ちょっと」と手招きして表に出た。

背は高く、細身、眼は鋭い。その吉十郎が井戸端で声をひそめた。

「双子だということは口外しないでほしい」

察しのいいとら婆はこたえた。

「あいよ、わかった」

貧乏百姓に頼まれ、心を鬼にして、生まれたばかりの赤子の口をふさいで息の根を止めたことが何度もあるとら婆さんだった。ほおずきや朝顔、牡丹の根、石榴《ざくろ》の皮などの煎じ薬で堕胎させたことも何度あったことだろう。理由は千差万別だが子を流さねば生きていけない女をたくさん見てきた。これが人助けかと悩みながらの仕事だった。

翌朝、吉十郎は栃尾郷栃堀に向かった。「こうするしかない」とふきに言い聞かせてのことだった。

栃尾郷は越後と会津の国境にそびえる名峰・守門岳《すもんだけ》西麓に位置する盆地。刈谷田川、西谷川、塩谷川流域に村々が点在している。雪深い山里で六尺（一八〇チセン）も雪が降り積もる豪雪で知られた。

古くから「とちの平」「とちの原」「とちケ根」などの地名があり、村々には大きな栃の木々があった。

栃尾は〝越後の虎〟といわれた戦国の武将・上杉謙信ゆかりの地である。

十四歳で元服、景虎として栃尾城（鶴舞城）に入城。若輩と侮《あなど》る反上杉勢が攻め寄せたが撃退して内乱を平定、十五歳で初陣を飾った。瑞麟寺で学び、多感な青年時代を過ごした。十九歳で春日山城へのぼり、二十一歳で守護となり、三十二歳で関八州を裁量する関東管領となり、やがて将軍足利義輝に次ぐ地位に上った。「義」の武将ともいわれ敬われた。

吉十郎たちが暮らす荷頃《にごろ》は西谷川と矢津川の合流地にひらけた山間の村で、「荷頃」はこれから山地にかかろうとする所に多い地名だった。吉十郎が急いだのは守門岳の東南部に位置する栃堀で、山々が重なり合って見える東谷集落の中心部だった。

春の日差しは丸みをおびて暖かかった。遠く向こうへ眼を移すと山桜が白い帯のように煙っていた。

吉十郎が門を叩いたのは庄屋、植村角左衛門の屋敷だった。二人は以前からの知己だった。

磨き抜かれて黒光りのする板張りの茶の間に通された。

「突然のことで申し訳ございません」

「おお、吉さ。どうされた」

角左衛門は小柄だが骨格たくましく、眼は澄んでやさしい。総髪に白いものが混じっている。

「は、実は……」

吉十郎は声を落とした。出された白湯を飲み干すと話し始めた。双子の姉妹が生まれたこと、家では育てる余裕がないこと、世間の眼もあることなどを手短に伝えた。

「そうか。吉さ、しばらく待ってくれ」

庄屋は廊下に消えた。

庄屋夫婦には子がなかった。跡取りの男子がどうしても欲しかった。待ち望んでいたがなかなか授からなかった。「三年して子なきは去る」といわれ、あさに離縁の話も出ても仕方がなかった。産まれるかと期待を抱いたときが一度だけあったが、死産となった。女房のあさは嘆き悲しみ、以後、生気のない日々を送っていた。庄屋は、養子の縁があったら知らせてくれと以前から吉十郎に頼んでいた。吉十郎があちこち歩き回る山伏で顔も見識もが広かったからだった。だが、まさかその吉十郎が自分の子の話をもってくるとは予想だにもしなかった。

半刻後、女房のあさと一緒に現れた庄屋が言った。

「吉さ、女房がのう、どうしても欲しいというんだ。男の子だったらもっとよかったのだが、またそれはそれで縁があるかもしれんでのう」

「明日にでも合わせて下さいな」

あさは満面に笑みを浮かべていた。

その際、吉十郎夫婦の娘であったことは未来永劫にわたって口外しないことを約束した。

数日後の朝。

吉十郎は慌《あわ》ただしく支度を終え、赤子を抱いて玄関へ出た。

庄屋の栃堀までは五里（二〇キロ）と遠い。乳飲みのいい元気な子の方を養子に出すことにした。もう一人には母親ふきがついているから安心だった。

「可愛がってもらうんだよ。いつか会える……」

一人を抱き、夫の腕にあるもう一人の娘に頬ずりしながら泣き崩れた。

「もう会えると思ってはならん、いいな」

吉十郎が厳しく言った。

庄屋に養子に出す子は、あとに生まれ出た子だが「姉」と呼ぶしきたりだった。先に生まれた「妹」がふきの育てる子だった。短かった姉妹一緒の最後の別れだった。ふきはまた涙を拭いた。

明六ツ（午前六時）。双子の一人を抱き、重湯・擦り粉、襁褓《むつき》、着替えを入れた荷袋を背に長身の吉十郎はゆるりと歩き始めた。

すると小さな双子の姉妹は別れを惜しむかのように悲し気に泣き声をあげた。

（心細さ寂しさが分かるのかのう）

ふきは胸をかきむしられるような思いだった。

生まれてから一廻り（一週間）、お七夜がやってきた。

少なかったふきの乳も吉十郎のつくった乳薬が効き、なによりも子が吸ってくれることで徐々に量を増していた。

双子の妹はオヨと名付けられ、一人の子・長女として檀家寺に届けられた。

ふきは、オヨの鼻の横と顎の下に、よく見なければ見逃してしまう点のようなホクロがあることを発見した。腹を痛めて産んだ母親でなければ分からない小さなホクロだった。

三廻り（三週間）でやっと床上げとなった。

オヨ中心の生活が始まった。

三歳の息子由吉は、両親に大事にされているオヨをときには羨《うらや》ましがったり拗《す》ねたりしたが、妹の出現を喜んだ。顔をじっと覗《のぞ》き込み、頬をつついたり耳を引っ張ったりした。

「あ、笑った」

「お、泣いた」

オヨが笑っても泣いても大騒ぎをした。

夜もオヨと一緒に乳を飲んで寝るといって駄々をこね、ふきを困らせた。

一人増えたそんな家族の様子に吉十郎は満足していた。

吉十郎は光明院の山伏（修験者《しゅげんじゃ》）、それも里山伏だった。俗界に戻ると妻子を養い、田畑を耕し、村人のよき相談相手でもあった。

百姓の仕事はきつい。膝痛、腰痛、めまい……。さまざまな症状を訴えた。吉十郎は薬草や病にも詳しかった。歯痛や火傷、解毒には蓮《はす》を、貧血や冷え性には蓬《よもぎ》を、吹き出物や皮膚病にはドクダミを調合し、煎じて飲ませた。春夏秋冬、薬草採りに山にも入った。近年、野山の植物の生長は芳しくなかった。

頼まれれば「諸力の奇特を見せようぞ、のらまくさんだばらだ……」と祈祷《きとう》し、お祓《はら》いも行った。

山伏の修業は険しい羽黒山や吉野・熊野の山々、比叡山、高野山などがよく知られていた。吉十郎は越後魚沼の八海山で厳しい修業を成した。八海山には農作信仰があった。山の神が里に降りて田の神となって稲作を見守り、秋に収穫が終わると再び山に帰って山の神になると信じられてきた。

兜巾《ときん》をかぶり篠懸《すずかけ》をまとって戒刀を差し、金剛杖に法螺貝《ほらがい》、八つ目草鞋《わらじ》といういで立ち。酷寒の冬も炎天の夏も危険な断崖絶壁の岩稜を山頂めざし、岩屋に籠り、滝にうたれて修業した。数珠をもみもみ「阿吽《あうん》」「六根清浄」を唱え、経を読んだ。その地鳴りのような読経は山々に響いた。

百姓の次男坊だった吉十郎が山伏になったのは、貧しい村々を救いたいからだった。

栃尾郷は山の中。山林が多く、田畑の耕地面積は少なかった。土地は痩《や》せていて百姓泣かせといわれ、何を植えても育ちが悪かった。稗《ひえ》や粟《あわ》などには向いていたが稲作には適さなかった。百姓たちは、それでも田んぼにしがみつかなければならなかった。秋には容赦《ようしゃ》のない年貢の取り立てが待っていたからだ。

村には地主という絶対的な存在がおり、自分の土地を持つ本百姓と地主から土地を借りて耕す小百姓がいた。小百姓は小作ともいわれ、極貧のなかにあった。

四月、梅や桃、桜がいっせいに咲いた。月半ばには、田んぼの客土や苗代づくりが始まり、六月には早乙女の田植え、炎天の夏は田の草取り、秋には収穫の稲刈りがあった。十月末には守門岳に初雪がきた。農閑期になれば男は山で炭焼きをし、夜は囲炉裏端で筵《むしろ》や草鞋を編んだ。

女にはそうした農作業や家事のほかに養蚕から機織りまでの仕事が重なった。家族の衣服を作るだけではなく、わずかながらも貴重な現金収入を得るためだった。

雪解けとともに養蚕の準備のための桑畑の手入れが始まる。養蚕とは桑を栽培し、蚕を育てて繭《まゆ》にする仕事で三月には蚕が孵化《ふか》を始め、桑摘みに多忙を極める。田植えを前後して蚕群が桑を食べる。それを「蚕起食桑」と言った。乾燥、貯繭、選繭、煮繭、繰糸、揚返の工程を必要とし、女たちの一年中の仕事であった。機織りもまた冬を中心に一年中の作業だった。女たちは辛抱強く勤勉で寡黙だった。

百姓はみな夜明けとともに出かけ、夜は手許が見えなくなるまで働いた。麦や稗・粟に芋や大根を混ぜて煮た粮飯《かてめし》の粗食に耐え、口もきけぬほど疲れていた。

しかも地味な麻や木綿は着ることができたが、艶やかな絹は仕事で織っても着ることは禁止されていた。色も紫や紅梅色に染めたものは着ることができなかった。

「百姓は死なぬように、生きぬように」。徳川家康の言葉である。

徳川家光治世の慶安二年（一六四九）にすでに触書《ふれがき》が出されていた。

「こう書かれていたのさ」

物知りの吉十郎が村人に読んで聞かせたことがあった。

「一つ、朝は早く起きて草刈りをし、昼間は田畑の耕作にかかり、夜には縄を編んで俵をつくり、なんでもそれぞれの仕事を一所懸命にすること。

一つ、麦・粟・大根などの雑穀をつくり、米を食いつぶしてしまわないようにせよ。

一つ、男は田畑で働き、女は機織をし、夜なべに精を出し、夫婦共に稼がなければならない。

一つ、年貢さえすませば百姓ほど楽なものはない。この趣旨をよく心がけ、子々孫々まで言い伝え、一所懸命に働くようにせよ」

吉十郎も山伏の仕事だけでは暮らせず、病弱な女房ふきを励ましながら田畑を耕して糧を得ていた。ふきは織物が好きだった。機を織っている時は身体の辛さも忘れた。

オヨの生まれた宝暦九年。水原代官所の村々が代官中山源四郎の悪政を怒り、江戸へ訴え出た。やがてそれが認められ源四郎は追放となった。この背景には天候不順や凶作に人為的な要因が重なって起きる飢饉、困窮があった。


荷頃、六月。

青い梅の実が黄色く色づき、そぼ降る雨に濡れて紫陽花《あじさい》が咲くころになった。

オヨは生後二カ月。乳を飲むのも上手になり、ぽっちゃりと丸くなった。首を左右に動かしたり手足をバタバタするようにもなった。乳を吸うときはどういうわけか、右手を乳房に左手をふきの着物の袖を握って放さなかった。母の匂いか、生地の肌触りか。安心と愛情を感じるからだろうか。

（いや、この子は、生まれながらにして織物が好きなのかもしれない）

母親のふきは、ふとそう思った。

ふきは、まだオヨの世話だけで精一杯で野良仕事は無理だった。

だが、季節は待ってくれない。刻は待ってくれない。芒種《ぼうしゅ》、田植えの時期がやってきた。

里山伏の吉十郎は村では一目を置かれる存在だったが、暮らし向きは他の百姓たちと変わらなかった。猫の手も借りたいほど忙しい田植え。ふきは着物の背の中にサヨを入れて手伝おうとしたが吉十郎にきつく止められた。家事と子どもの世話に専念することにした。

吉十郎は母のきよ、「結い」で頼んだ近所の百姓五人の助っ人を得て田植えをすることにした。

だが、いつもの年より女子衆が少なかったこともあって朝から晩まで植えてもなかなか仕舞いにならなかった。誰もが腰を痛め、へとへとになった。それでもようやく終わりかけて吉十郎は胸をなで下した。

一方、栃堀、庄屋の植村角左衛門屋敷――。

長屋門、茅葺《かやぶき》の主屋に五部屋、使用人の部屋、土蔵……。それでも栃堀のもう一人の大庄屋・高橋庄之助屋敷に比べたら質素な造りだった。着物も村々の庄屋たちと大庄屋を訪ねる時は麻の羽織に袴を身につけるが、普段は色あせて継ぎの当たったものを着ていた。百姓とあまり変わらない姿だった。

吉十郎から密かに養子にもらった双子の姉妹のもう一人は「サヨ」と名付けられた。子どものいなかった植村夫妻は、喜びと幸せの日々にあった。

女房のあさの乳は出なかった。ありあまるほど乳の出る乳母を探してきて傍らで羨ましそうに見ていた。

「だめだめ、もう少しゆっくりあげて」

「もう、いいのかい。もっと飲ませなくては」

乳母が困惑するほどだった。

産着も「一つ身」の赤地に麻の葉模様の、肌触りのいい晒木綿《さらしもめん》。掛着には魔除けの背守りに鶴があしらってあった。百姓が着せてやれない高価なものだった。サヨのためなら手間も金も、何だって惜しまないという可愛がりようだった。

庄屋の田植えは百姓とは規模も装いも、賑わいも違った。

百姓・小作人を何十人と使い、短時日で作業を終えるよう村の組頭が差配した。

早乙女の田植え姿はあでやかで賑々しかった。紺絣の着物に帯、赤い襷、白手拭に菅笠という「晴れ着」で、田植え唄を歌いながら苗を一株ずつ植えていった。男衆の打つ太鼓と唄に調子を合わせて手は自然に動いた。

揃いの菅笠　揃いの襷
赤い二布の早乙女の歌ひびくよ

どこも田植えの真っ最中。そんな田植え唄も聞こえてきた。

女子衆は唄い、一心に植え、笠に腰蓑《みの》姿の男衆は苗を運び、子どもたちは苗を早乙女に投げた。一年中でいちばん晴れやかで楽しい日々でもあった。

ホタルは田植え唄を聞いて出ると言われた。無数のホタルが暗闇に乱舞し、地からわくように見えた。掌にのせると怪しげに儚《はかな》く光った。

田植えが終わると村全体が野良仕事を休み、豊作を祈ってご馳走を食べた。

庄屋の広い庭先に百姓たちが集まってきた。

「ご苦労だった。今年も無事に終わった。みんなのおかげだ。たんと食べてくれ」

角左衛門が礼を述べる。

この日ばかりは、早乙女を上座にすえた。

「ありがとうございますだ。では遠慮なく」

組頭の言葉を合図に粽《ちまき》や笹団子をほおばる。新しい餅草の香りと甘い餡《あん》のうまさに疲れも忘れる。菜のひたしもの、あさつきの胡麻和《ごまあ》え、焼き魚、かぶの一夜漬けにも箸《はし》がすすむ。

「サヨちゃん、可愛いい」

早乙女たちが、ふきの抱くサヨを覗き込む。

「大きくなったら玉のような姫様になるだ」

男衆も寄ってくる。

角左衛門は遠くから満面に笑みを浮かべながら見ている。

(今年も田植えは無事終わったが……)

角左衛門の耳に、夕暮れにいっせいに鳴きだした蛙の声が聞こえた。

この人、村人たちの人望は厚かった。

分け隔てなく村人の相談にのり、もめ事を解決し、仲良く暮らすように説いた。

庄屋は多忙だった。

仕事は、年貢や人足をはじめ村への諸割当の処理、宗門改めや縁訴願・請証文の作成、耕地移動の確認、水利・灌漑《かんがい》、稲の育成状況の把握などと多岐にわたった。

山に囲まれた栃尾郷は夏冬の寒暖差が激しく、稲の花が咲くころの長雨の後は度々洪水となり氾濫を起こし堤防が決壊した。とくに刈谷田川は「あばれ川」と呼ばれた。上流が幾つにも分かれた急流の上、川幅が狭くて曲がりくねっていたことがその原因だった。住人のほとんどが貧しい百姓だった。

角左衛門は村人の声なき声を聞き、困窮から村を救うのが庄屋の務めだと考えていた。それ故、庄屋の会合で百姓の側に寄りすぎだと言われることが少なくなかった。

第2章　織姫

一つの春秋が過ぎていった。

この年（宝暦十年、一七六〇）、紀伊国で加恵という子が生まれている。後に医師の華岡青州の妻になった。夫の苦節二十年、日本初の乳がん摘出手術の成功のために、自らの身体をささげて全身麻酔の被経者となり盲目になった。一つの波乱に満ちた女の一生だった。

双子の姉妹は、それぞれの家で大事に育てられていた。

抵抗力のない子どもたちの大敵は流行《はや》り病だった。

疱瘡に麻疹、コレラ……。

「疱瘡は見定め、麻疹は命定め」ともいわれ、とくに疱瘡は周期的に繰り返し流行し、感染力も強く恐れられた。発熱、頭痛、全身に発疹が広がり、発疹は水疱《すいほう》となり膿疱となった。内臓が膿疱に冒されて呼吸困難を起こし、死に至ることが少なくなかった。生きても失明したり、痘痕《あばた》が残ったりした。コレラは後に江戸で二十四万人が死亡したといわれる。二、三日であっけなくバタバタと死に「コロリ」などとも呼ばれた。

庄屋の娘となったサヨも二歳になっていた。

子どものなかった夫妻、とりわけ女房のあさはサヨを溺愛《できあい》した。端から見ても異常なほどだった。

寝ているサヨの額に手を当て、

「顔が火照っている」

途端に、

「大変。きみ、きみはいないの」

子守娘を呼ぶ。

きみは使いに出ていていない。

「誰か、誰か」

サヨを抱きかかえて叫ぶ。

「お前様、お前様」

書き物をしている角左衛門の部屋へ。

「どうした」

「サヨが熱を」

「どれ」

うん？

「大丈夫だ」

「いえ、すぐに誰かお医者を呼びに行かせて下さい」

「これぐらいでいちいち……。冷たい水で冷やし、様子を見るがよい」

「サヨが疱瘡にでもなったら」

あさは、おろおろするばかりだった。

こんなこともあった。

サヨが泣き止まない。

「乳母や、乳の出が悪い？」

「いえ、そんなこと……」

「いーや、もっと滋養のある物をとらないと」

あさは、野菜たっぷりの副菜を与え、めったに食べることのできない白い米を炊いて食べさせた。

「こんなこと、申し訳なくて」

「お前にではなくサヨに食べさせるんだから」

他の使用人が恨めし気に見ていた。

一事が万事、そんなふうだった。

あさは使用人には何かと口うるさかったが、子守のきみには優しかった。

きみはまだ九歳。杉沢の小作の家から口減らしのために奉公に来たのだった。

継《つ》ぎの当たった単衣《ひとえ》で、ほっぺを真っ赤にして、くるくるよく働いた。台所の水仕事で手は赤ぎれだらけだった。

唄も上手だった。

お山で恋しい　波の音
寝ていりゃ　遠くで波の音
ゆったり　ゆったり　ゆったりこ

守っ子というもの　つらいもの
おかかにゃしかられ　子にゃ泣かれ
泣くな　泣くな　泣くなよ

ねんねが　ねったか　ねったかや
ねんねがねったら　なにくりょぞ
ねんねん　ねんねん　ねんねんよ

やさしいきみはサヨに歌って聴かせながら涙ぐんだ。

そんなきみが、サヨをどんなにあやしても泣き止まない刻《とき》があった。決まって明け六ツ（午前六時）だった。あさから抱き取り、おんぶして外へ出ようとするときだった。初めは大きな声で、やがて低く悲しそうに泣き続けた。明け六ツは、双子の姉妹が引き裂かれて、サヨが庄屋に連れていかれた時刻だった。

同時刻、里山伏の家で育てられているオヨも同じように泣いていた。母親のふきが抱いてあやしてもなかなか泣き止まなかった。

（離れていてもお互い通じ合うのだろうか。連れ泣きというんだわ。お前たち別れが悲しかったんだね）

ふきはそう思った。


オヨは、兄の由吉が大好きでよくなついていた。由吉が傍にいれば機嫌がよかった。

父の吉十郎は病で苦しむ人がいれば風呂敷に薬籠を包み他村へも出向いた。祈祷、お祓いの頼み事にも応えた。だから家を空けることも少なくなかった。だが、農繁期はふきとともに田畑で汗を流した。年老いた母のきよも駆り出された。

女子衆の仕事は苗代作りや代掻《しろか》き、田植えや田の草取り、稲刈りといった一年を通した農作業だけではなかった。春から夏にかけては養蚕や綿摘み、冬場には機織りが待っていた。

機織りは、稲作に思うような実りのない山間の百姓には欠かせない仕事だった。痩せた地で米作りに励んでも、その多くは年貢として納めなければならなかった。百姓は自分たちの作った米を食うことすらめったにできなかった。しかも米作り以外はしてはならぬという種々の禁制もあった。機織りはわずかながらも唯一の現金収入の道だった。

きよにもふきにも、代々、村の女子衆たちにとっても、逃げることのできない仕事だった。ふきは子どものころから機織りが苦ではなかった。娘のオヨにも、やがて一人前の織手になって家を助けてほしいと願った。

赤ん坊のオヨを背負って仕事をしながら、子守唄替わりに語って聞かせた。

「まずは苧《お》づくりだ。見えるか。これが苧だ。カラムシという草の茎から採ったものだ。畑で育てて夏に刈り取って家に運び、水に浸してから皮をはぎ、苧掻きという糸を採る仕事に入るんだ。分かるか。分からなくてもいい、聞いてりゃいい」

背越しに何度も繰り返し話しかけた。

背中のオヨはおとなしく聞いている。

外は秋時雨。

数日後、木枯らしが裏山の大欅《けやき》の葉を散らせて冬がやってきた。雪が降って村はすっかり銀世界になった。垣間見る青空に凍ったような白雲が見え隠れした。

明和元年（一七六四）十一月。朝、外を歩くと霜柱の砕ける音がした。雪の匂いがただよい、栃尾郷にまた冬が来た。

オヨは五歳になっていた。

「オヨ、寒いだろ。こっちゃ来い」

囲炉裏端で苧積《おう》みが始まる。ふきと祖母きよの二人が、冷たい手を懐で温めたり息を吹きかけたりしながら夜遅くまで没頭する。

「よーく見とけや。苧積みだぞ」

「オ、オウミ？」

「そうだオウミ。糸づくりはオウミから始まる」

オヨは興味深そうに眼を輝かせてのぞき込む。

苧はぬるま湯につけて湿り気を与え、やわらかくする。

「ほら、苧を少しずつ口にくわえて右手の爪で細かく裂いていく。うまい人は、髪の毛ほどの細さに引き裂く。これを左手で、こう一本一本撚《よ》りながらつなぎ合わせて長くしていくだ。唾《つば》をつけると湿りっけが出て具合がいい」

器用な手さばきで裂いた糸が次々に苧桶の中に滑り込んでいく。

オヨは飽かずに見つめている。

「唾でこう？」

やがて自分も見様見真似でそっと手を動かしている。

「そうそう、上手。一反分の糸づくりには二カ月もかかる。毎日毎日苧を積み続けるんだ。根気のいる仕事だ」

百姓の女子はどこでも七、八歳ころから苧積みを教えられた。オヨにはまだ早いかなと、ふきは思ったのだが……。

「頚城《くびき》の村々がのう、ひでえ干ばつに見舞われたそうだ。水不足で田んぼが干からび、米どころか来年の種籾《たねもみ》もとれんという。家畜も死に、食う物もなく、夜逃げもあると聞いた。オヨもはやく機織りができるようになるんだ」

吉十郎が俵を編みながら話した。


ある日の暮れ六つ（午後六時）だった。

しんしんと音もなく降り積もる雪。里の家々も道も樹木も深く雪に覆われている。

ドンドン、ドンドン！

静寂を破って板戸を激しく叩く音がした。

「夜遅そうに申し訳ねぇです」
ド、ドン

「助けてくだせえ」

吉十郎が戸を開けた。

冷気が舞い込む。

「どうされた」

蓑傘《みのかさ》、深沓《ふかくつ》、かんじき姿で子を抱いた男が土間に転がり込んできた。全身雪まみれだった。

抱かれた子は息も絶え絶え、ぐったりしている。女の子だった。

吉十郎が額に手を当てた。

「ひどい熱だ」

息が荒い。

「おらは神保村の次作という者で、この子が……」

「話はあとで聞く。おーい、ふき」

ふきが小走りに部屋から出てくる。

「布団を敷いて寝かせてくれ」

小盥の冷たい水に手拭を浸す。

ふきが高熱で汗した体を拭いてやっている。

吉十郎が人差し指と中指をそろえて脈をとる。乱れて早い。

「熱はいつからだ」

「三日前からで」

「吐いたり、下したりはしてないか」

「へえ、吐いておりまして……」

女の子の顔は真っ赤。弱々しい咳をしている。

小さな赤い発疹も出ている。耳や首筋が腫れ、眼も充血している。

「ふき、水を飲ませてくれ」

吉十郎はそういうと部屋を出た。

ゴリゴリ、ギリギリ
薬草を調合して粉にする薬研の音が聞こえてくる。

吉十郎は病気をはらう加持、祈祷のほかに本草学に関する知識もあり、村人に腹痛や風邪の薬を処方してきた。分け隔てなく診てやり、多くは無償だった。手に負えない病は医者に連れて行くが、すっかり村人に頼りにされていた。

うん、うん
女の子は高熱でうなされている。時々顔を左右に動かしている。

「つらいよね」

ふきが再び首筋や脇の下、足の付け根を手拭で拭いてやる。

「幾つ？」

「五つになりやした」

「オヨと同い年かい」

襖が開いた。そのオヨがそうっと入ってきた。

里山伏の家といっても造りは百姓家とそれほど違わない。屋根は茅葺、土壁、板の間。部屋数も少なく狭い。先ほどからの様子はすべてオヨにも聞こえていた。

「どうしたの、寝なさい」

女の子の顔を心配そうにじっと見ている。

「かわいそう」

「治るといいね、オヨ」

冷やした手拭を固く絞り、折り畳んで額にそっと置いた。

外は吹雪に変わった。

積もった雪が地表を舞い上がって視界を遮り、真っ白な世界となった。

半刻後、吉十郎が解熱に効くといわれる吸《す》い葛《かずら》や葛根《かっこん》、生姜《しょうが》を煎じた薬湯をもって現れた。

身体を温め血のめぐりをよくし、お腹の調子を整える棗《なつめ》や熊柳の煎じ薬もあった。

「飲ませてやってくれ」

ふきが後ろから抱くようにして水と一緒に薬を口に含ませた。

だが、うまく飲めずに吐き出してしまう。

「飲まなきゃなんねぇだぞ」

傍で父親が叱る。

飲む、吐く。吐いて飲む。何度も繰り返した。

「名前は？」

オヨが訊ねる。

「きく、といいますだ」

「きくちゃん、辛い？　がんばって」

オヨはきくの顔を覗き込む。

きくは眼を開けない。

「おとっつぁん、治るよね。治してあげて」

オヨは涙を浮かべている。

「大丈夫だ、軽い風疹だろう。心配するな」

母のふきもオヨの背をそっと押して、

「もう寝なさい」といい、
襖越しに祖母のきよと兄の由吉の名を呼んだ。

「こっちへ」

二人はオヨを抱えるようにして連れて行こうとした。

だが、オヨは動かなかった。

「きく、きくちゃん」

熱いその手を握って離さなかった。

「うつったらいけねえです」

きくの父親が手をほどこうとするが、離さない。

「好きにさせておけ」

言い出したらきかない性格がすでに現れていた。

一刻が過ぎた。

薬が効きだしたのか、きくの症状は少しずつ和らいだ。

「あっ」

オヨが声を上げた。

きくが眼を開け、不思議そうに当たりを見渡している。

「気がついたのね」

ふきが安堵してつぶやいた。

きくの眼は、やがて心配そうに自分を見ているオヨの顔の上に止まった。

オヨはうれしそうに言った。

「よかったな、きくちゃん」

きくは、瞬きもしないでオヨの顔を見つめていた。

この夜、きくと父親は吉十郎の家に泊まった。

数日後にはきっと治るだろうという吉十郎の診立てだった。

一晩中看病するふきの傍にオヨもいた。眠くなると横になった。ふきが木綿の掻い巻きをかけてやった。覚めると布団の中のきくを認めて、安心したかのようにまた眠った。

何度目かに顔を覗き込んだ時、きくがオヨに恥ずかしそうに微笑んだ。

「あ、笑ったよ」

オヨは手をたたいた。

これがオヨときくの出会いだった。

以後、二人は無二の親友となり、きくは生涯にわたってオヨの影となり日向となって助けた。きくは雪の日の天空からの贈り物だったのかも知れない。

寒々とした夜空に月が冴えていた。

トントン
トントン
軽やかな機織りの音が家中に響く。
聞きなれた音だ。

織っているのはオヨの母親ふき。

傍でオヨが瞬《まばた》きもしないで見ている。

今年八歳になった。

隣には、きくがいる。

きくは、たびたび遊びにくるようになった。父親の次作に止められるのだが隠れてやってくる。卵形の小顔、くるくる変わる愛嬌のある眼。オヨはそんなきくと一緒にいるのが何より楽しかった。

きくの家は小作だった。

きくが三歳の時に母親が、四歳の時に二人の兄が相次いで流行り病で亡くなった。父と十歳の兄、四歳の弟が残された。きくは奉公に出されるはずだったが野良仕事の手伝いや家事をしなければならなくなった。

小作人は地主に頼まれれば何をおいても駆けつけねばならなかった。地主の旦那様は絶対的な存在だった。農繁期になれば、きくも呼ばれて子守りや大人数の朝餉《あさげ》・夕餉の手伝いをした。

小作人は土間の片隅で、立膝で飯を食い、終わると土下座をしてお礼を言った。

「働きが悪いのに飯だけは一人前か」

怒鳴りつけられた老いた小作人もいた。

「あんまりだわ」

きくはつぶやいた。使用人頭がそれを耳にした。

「小作人の娘の分際で何を言うか」

そう言いざま頭を叩かれた。

きくは、そんな境遇のなかで歯を食いしばって育っていた。

だからオヨの家に遊びに来ても、ふきの手伝いをよくした。草取り、菜種間引き、大根取り……。言われなくても何でもこなした。

オヨもまた、兄の由吉がいたが同い年の同性のきくといるのがうれしかった。

二人の眼の前の織り機は、居坐機《いざりばた》（地機）。

「いいかオヨ、織機をようく見とけ」

木枠で組んだ腰引きの低い機。腰と両手足を使って操る。

「腰を下ろし、こう両足を前に伸ばす」

腰当に繋《つな》いだ紐《ひも》で結び布を引っ張り、力の加減を調節しながら緯《よこ》糸を入れて自在に織っていく。

「ほら、こう、右足を足縄の先にある輪の中に入れて引っ張り、杼《ひ》の道を作って緯糸を通す。次に足を戻して足縄をゆるめて筬《おさ》打ちをして織る。この繰り返しで織っていくんだ」

杼とは経《たて》糸の間に緯糸を通すのに使われる舟形の道具のこと。これがなくては織物ができない。筬は機に仕掛けられた経糸の密度と織幅を決めるものである。

八歳になれば集中力も備わってくる。

オヨが見様見真似で手足を動かしている。

「人が居坐るときに似ているだろう。それで居坐機というんだよ」

「そいでも、この恰好《かっこう》だから腰骨も節々も痛くなるし、眼も疲れる」

ふきは首を回し、腰を叩いた。

きくがスッと立って肩を叩いてやった。

「さっきも言ったが、緯糸を打ち込むのがこれ、杼というんだぞ。ほら、もう一度よく見ていろ。互い違いに上下する経糸の間を横に行ったり来たりして緯糸を通す。杼は何よりも大事なもので女が嫁に行くときは嫁入り道具の一つとして使い慣れた杼を持っていく。なかには機《はた》を持っていく嫁もいる」

「お嫁に行くときに？」

「そうだ。いくら器量よしでも機織りが下手だと嫁の貰い手がねえぞ。顔より機織りの腕だ、分かったな」

「うん」

オヨときくは神妙な顔つきでうなずいた。

苧積みから機織り、布になるまでには気の遠くなるような手間暇がかかった。一反を紡ぐのに最低二カ月はかかった。子育てより手間がかかるという人もいるほどだった。

ふきが機織り仕事終えたのは暮れ六ツ半（午後七時）ごろだった。一息入れる間もなく夕飯の支度にかかった。

囲炉裏端では吉十郎が縄をない、草鞋づくりをしていた。

「こっちゃ、来い」

おばあちゃんのきよが手招きした。

「話っこが始まるだ、行こうきく」


「あったてんがな」

きよは昔話を語り出した。

あるとき栗山のカエルが、「峠の向こうに広瀬ってとこがあるてんだども、まだ行ったことがねえんだ、行ってみようっと」。村境の峠をピョコンピョコンとのぼってきたてや。

広瀬のカエルも栗山ってとこへ行ってみたいと峠をのぼった。

そうして両方が峠のてっぺんで出会ったてや。

「おーい、お前はどこまでえぐがんでや。おいらは広瀬ってどこへ行ってみようと出かけてきたんだが」

「おれも栗山ってとこへ行ってみようと思うてやってきたんだが、栗山はどっちのほうだ」

（オヨもきくも、とくにきくは初めて聞く噺で興味津々。それからどうなる……）

そうするとカエルの眼は後ろだけ見えるようになってたてや。

「おーえ、広瀬はなじだ！」

「栗山とおんなじようだ。栗山はどんげだ」

「広瀬とおんなじだ。こんなことだったら、わざわざ行って見ることもねえ」

てんでが自分の村をながめてもどったてや。

いちゃポーンとさけた（おしまい）

「うふ、そっかあ」

「んだな」

顔を見合わせ、うなずき、笑った。

囲炉裏の赤い火がオヨときくの顔をやわらかく照らしていた。


二人にはこんなこともあった。

暑い日が続いていた。

蝉しぐれの林の中をオヨときくが歩いていた。

「今日は来てくれてありがとう。狭くて汚くて驚いたでしょう。なにもできなくてごめんね」

きくが言う。

葦の屋根、土間と囲炉裏部屋、板塀と荒壁に囲まれた狭くて薄暗い部屋だけ。入口には戸替わりの藁《わら》縄で編んだ筵がかかっていた。納屋に等しい粗末な家だった。

（こんなところで暮らしているんだ）

オヨは胸を突かれる思いだった。

「でも、おとっさんも兄さん弟さんもみんないい人。楽しかった」

きくはオヨを送るといってついてきた。

松や檜《ひのき》、楢《なら》の木が暑い日差しをさえぎっていた。傍らの草地に白い山百合が咲いていた。

林をぬけると原っぱに出た。

いち、左衛門がイモ食って
に、左衛門がニンジン食って
さん、左衛門がサケ飲んで
よん、左衛門がヨっぱらって
ご、左衛門がゴボウ食って
えっさっさ、えっさっさ

子どもたちが遊んでいた。七、八人はいる。

女の子は花摘み、ままごと、てんまり。

男の子たちは、トンボ取りをしていた。

トンボ取りは、もち竿をもって駆け回りオニヤンマを捕まえて、その胴を馬の尾の毛で縛り、細い竹の先につけて飛ばし、飛んでくるオニヤンマとつるませて地面に落として捕まえるという遊びだ。

男の子たちは夢中だった。

「こっちへ来るな、トンボが逃げてしまう」

二人に道をふさいで通せん坊をした。

しかたなく立ち止まる。

歩き出そうとするとまたもや通せん坊。

「行こう」

オヨが促す。

「ちょっと待てえ。お前、山伏んとこの子だな」

「………」

「山伏って山ん中でも獣のように早く走るんだってな」

ガキ大将らしき大柄の一人が真ん前に立った。にやにやしている。

「………」

「呪文を唱えると空に飛べるんだってな。お前もできるんだろ。やってみろよ」

「そんな……」

オヨは何も言えない。

「呪文を言え、呪文」

「空を飛べ、空を飛べ」

男の子たちが囃し立てた。

その時、きくがガキ大将に向かって言い放った。

「なにさ、女の子をいじめて恥ずかしくないの」

足がぶるぶる震えていた。怖かった。

「なんだと、小作人の娘が」

「あんただって百姓じゃないの」

「百姓は百姓でも本百姓だ」

「百姓同士が喧嘩してどうするのよ」

「減らず口を叩きやがって」

一人がきくを突き飛ばした。ひとたまりもなく転がった。頬に血が流れた。

「きくちゃん」

オヨが助け起こす。

「生意気な女だ」

きくは胸や腹や腰を踏みつけられた。

「誰か来てー」

オヨの声は泣いている。

そのオヨも押し倒された。

きくも泣きたかった。だが唇を噛みしめ涙をこらえた。

（オヨちゃんを守らなければ……）

きくは立ち上がるとガキ大将めがけて体当たりして行った。

「しつこいな。一体何だよ、お前は」

「この子に怪我させたら、死んでも許さない」

きくの怒りの顔を見て、

「気味悪いや」

男の子たちは逃げて行った。

「きくちゃん大丈夫？　私のために」

「ううん、おらはオヨちゃんのおとっつぁんに命助けてもらった」

オヨはきくの手を握った。その手をきくは痛いほど握り返してきた。

二人はしゃくり上げて泣いた。
真っ青な空にむくむくと高く入道雲がわいていた。

第3章　憧れ

オヨは母ふきの仕事場を離れなかった。

みんなとはしゃいで遊んでいるときは普通の女の子だったが、織機に向かうと急に大人びた表情になった。

「子守唄替わりに話してきたでな」

今日も苧績みが始まる。オヨも何回となく見てきた。

まず、ふきが手本を見せる。

「苧はぬるま湯につけたからやわらかい。一本の端を口にくわえて、そう、やってみな」

オヨは苧の端を手に持ち、爪と指先で裂いていく。

「細く細く、だよ」

「はい」

なかなか上手くいかない。じれったそうにしていたがやがて細い糸が、それも次々に出てきた。

「ほう」

いつの間にかと、ふきは驚く。

裂いた糸を唾液で湿し、指先でつないでいく。緯糸は軽くひねってつなぐだけだが、経糸はほどけないように糸をくぐらせてつないでいく。

オヨの績んだ苧は苧桶のなかに流れていく。

その手さばきは器用で軽やかに律動した。

「オヨ、よくできた。苧績みはもう立派な一人前だ」

「まだだ」

眼は生き生きと輝く。

ふきは頼もし気に眺めている。

「オヨさんは自慢の種でしょう」

村人たちによく言われたりもした。

（本当にこの子は、もしかして何かをやりあげるかもしれない）

ふきは強くそう思った。

オヨは十歳になっていた。

この年の梅雨時、祖母きよが風邪をこじらせて他界した。

おだやかでやさしい祖母だった。ふきに叱られたと言っては祖母のところへ逃げて行き、寒いと言っては祖母の布団にもぐり、苧績みができるようになったと言っては祖母の胸に飛び込んだ。どんなときもニコニコと迎えてくれた。

「ばっちゃ、ありがとう」

祖母の枕もとでオヨは泣いた。

誰かが死んで新たな命が生まれる。

庄屋の娘に育てられたサヨに弟ができた。

長いこと子どものできなかったあさが突然授かった息子だった。俗に養子をもらうと誘われて実子が生まれるといわれる。それにしても信じられなかった。

角左衛門も栃堀の村人も驚き、大騒ぎとなった。

あまり口には出さなかったが、角左衛門の喜びは格別だった。

「庄屋さんに子が生まれた」

「跡取りができたぞ」

弟は左兵衛と名付けられた。

お七夜、宮参り、食い初め、初誕生、初節句……。産まれてから一カ月は、庄屋宅で、村中でささやかだが祝い事が続いた。

もう三年前のことだった。

それまで庄屋の一人娘として乳母日傘《おんばひがさ》で何不自由なく可愛がられて育ったサヨは、子どもながらにも環境の大きな変化に気づいた。自分ひとりに集中していた両親の愛が弟に奪われるような気がした。使用人をはじめ周りの自分を見る眼も変わったように思えた。

だが、弟ができたことを心から喜んだ。さすがに乳母の代わりにお乳はやれなかったが子守りは自分がすると言ってきかず、子守娘のきみを困らせた。だが、そんな一途でやさしいサヨがみんな好きだった。

ある日サヨが弟を抱いて外へ出ようとした。その時、玄関の敷居につまずいて仰向けに倒れた。サヨは強く頭を打った。だが弟を胸にかかえて離さず間一髪で事なきを得た。

しかし、

「サヨっ、何するの」

あさが気色ばんで大声で怒鳴り、弟を抱き取るとオヨの頬を叩いた。

豹変《ひょうへん》したような、そんな母親を見るのは初めてだった。自分を溺愛していた母なのに、鬼のような顔だと思った。

「おやめ下さい」

子守りのきみがかばった。

サヨは茫然とし、しばらく動けなかった。

角左衛門が遠くからハラハラしながら一部始終を見ていた。

明け方サヨは、何か大事なものを失ったような気がして床の中で大声を上げて泣いた。双子のサヨとオヨが引き裂かれた明け六ツ頃だった。

夫婦は夜中、座敷で対座していた。

「自分の腹を痛めた子がどんなに可愛いか。わしにだって分かる。だがのう、だからといってサヨを邪険にするのは……」

「分かっています。分かっているんです。でも、左兵衛を産んだこの身体と、心がちぐはぐで……」

「時がかかるだろう。サヨを養子にしたのも左兵衛が生まれたのも運命だ。二人を良い子に育てようじゃないか」

それ以来、あさは二人を分け隔てなく可愛がった。どちらかといえば実子の左兵衛に厳しく当たった。

サヨは弟が生まれてから我儘《わがまま》を言わなくなった。人にもやさしくなった。

それればかりか、あさの機織りに眼を見張り、飽かずに眺めるようになった。やがて居坐機に座るようにもなった。手は器用だった。

十歳と七歳になった姉弟は仲がよかった。家に、きゃっきゃっと笑い声が響いた。

角左衛門は馬の後ろに姉弟を乗せ、村々の地回りに連れて行った。

百姓は山間の地味薄い土地で毎年のように米や野菜の不作にあえいでいた。

山にコブシの花がいっぱい咲いた。そんな年は豊作だといわれたが五月、六月は長雨が続いた。白い小さなササの花があちこちで咲いた。飢饉の前触れではないかと不安を広げた。夏になっても蝉も鳴かず、冷たい雨が降っていた。稲穂は夏の日と光がなければ実をつけない。

「どうかいの、稲は」

庄屋が馬から降りて、田の草取りをしている百姓に聞く。

「庄屋様、この通りです。稲の背丈も低く、葉に勢いがありません。穂の出が悪いだ」

表情は暗い。

「そうか、今年ものう。あきらめず気張ってない」

「ありがとうごぜえやす」

百姓は腰を折った。

馬をゆったりと歩かせる。

背に話しかける。

「いいか、左兵衛。お百姓は大変なんだ。米が取れなくとも年貢は納めねばならん。お百姓がいるから世は成り立つのだ。大事にせにゃならん」

左兵衛は大きな眼で真っすぐ父親を見た。

庄屋は二人を乗せて坂の多い別の村へ足を延ばした。

途中、竹籠を負い、腰に鎌を差した百姓が山中へと向かっていく姿が見えた。

平地へ出た。

庭先で草取りをしていた老婆がいた。

「ばっちゃ、元気かの」

老婆が腰を伸ばした。

「庄屋様。お子様ですか」

「そうだ」

「賢そうで」

老婆は、子だくさんで極貧だった。小作の夫を早くに亡くし、四番目の女の赤子を間引くか捨て子にでもせねば一家が生きてはいけなかった。冬の朝方、泣く泣く庄屋の門前に置きざりにして去ろうとした。継ぎ合わせの単衣を着せ、南京袋にくるんで小籠に入れていた。

突然、赤子は火がついたように泣き出した。偶然に出てきた庄屋に見つかってしまった。

庄屋は母子を暖かい座敷に入れ、子に使用人の乳母を連れてきて乳を飲ませ、母親に飯を食べさせて話を聞いてやった。

「せっかく産まれてきた命、子は宝というではないか。育てなさい。困ったことがあったら何でも相談にのるでの」

いたわり深い庄屋の言葉に声をつまらせ泣いたのだった。

「あの子はどうしてる」

「へい、おかげさんで立派に育ちました」

老婆はそう言って手を合わせ、深々と頭を下げた。

「では」

庄屋は馬に戻った。

老婆は庄屋たちの姿が遠く小さくなるまで手を振っていた。

姉弟は知見が広がる父親との地回りが楽しみだった。


諸国の百姓は天候不順、不作で困窮のなかにあった。だが、幕藩は容赦なく年貢を取り立てた。あちこちで強訴や一揆が起きていた。角左衛門も百姓に年貢を納めさせる立場にあって、悩ましく思っていた。

二年前の明和四年（一七六七）には佐渡ケ島で一揆が起きていた。角左衛門の耳にも聞こえていた。

暴風雨の被害とウンカ発生による虫害のために凶作となった。だが、代官所は百姓たちの減免願いを冷たく拒否した。百姓たちは佐渡奉行所への強訴《ごうそ》を決行しようとした。頭取たちは捕らえられ、訴願文書を書いた長谷村の遍照坊智専は死罪となった。後に佐渡ケ島明和一揆と呼ばれた。

処刑の翌年ウンカが大発生した。これを遍照坊の怨霊「遍照坊虫」として恐れられた。

明和七年（一七七〇）四月、幕府は百姓一揆禁制等の徒党強訴逃散訴人の高札を立てた。

角左衛門は、村の将来を思い暗澹《あんたん》たる気分になった。


一方オヨは――。

トントン
トントン
今夜も板敷の部屋から機織《はたお》りの音が聞こえる。

行灯の明かりで母のふきが織っている。昼間の田畑仕事の後でくたくたに疲れているだろうに。

「おっかさん、替わるよ」

前、後ろと位置を変えて仔細に眺めていたオヨが言い出した。

「できるかい」

待っていたとばかりに居坐機に座った。いささか緊張気味だ。

身体が小さい分、居坐機が大きく見えた。腰を下ろして両足を前に伸ばした。まだ少し足が短いかなと思わせた。
（そうでもない、大丈夫だ）
ふきは機の端に手をかけ見守った。
オヨは腰に繋いだ紐を引っ張り、緩めたり強めたりして巧みに力加減をしている。同時に緯糸を一本一本入れ込んで少しずつ織り上げていく。経糸と緯糸が交互に上下し、一体になる。やがて杼が走り、筬の軽快な音が流れる。その瞬間をオヨは驚き、感動した。
トントン
トントン
トントン
トントン
体が機の一部になったように見える。
「オヨ少し休め」
（思ったより早く上手になった）
娘の手さばきに母は感慨を覚えた。若竹のように大空に向かってぐんぐん伸びようとしている。
数年前までは母ふきの教えは厳しかった。
初めは自分で楽しそうに織って見せた。娘の興味関心が本物かどうか待った。

「おっかさん、やらせて」

意外と早かった。だが、「まだ早い、よーく見ておけ」というだけだった。

オヨは傍で見て真似て手足を動かすようになった。

「おっかさん、そこに座りたい」

「まだだ」

「どうして」

オヨはしびれを切らせてふくれっ面をした。

「やってみい」

そう言われたのは随分経ってからだった。

まずは織機に身体を馴染《なじ》ませなければならない。

喜々として居坐機に座ったオヨ。足を伸ばし、手に杼を持ち織っていった。

「そうだ、その調子」

「オヨ、いいよ」

初めのころ母はひたすらほめてくれた。意欲が生まれ、眼を輝かせた。

そうしてやがて二廻り（二週間）、三廻り。

母は一転、厳しく教えるようになった。

一人歩きする時が来ていると思った。無慈悲に突き放さなければならない。

「だめ、だめ」

「どこが？」

「自分で考えな」

何回も何回もやり直してみる。

「まだ直っていない。もう一度」

「やってるわよ」

「なんでこんなことができないの」

「…………」

「おっかあが子どものころはすぐ出来た」

「私はおっかさんじゃない！」

農作業のあるときは夜なべで、雪に閉ざされた冬場は昼も夜も母娘は向かい合った。

「はい、もう一度」

「同じことばっかり」

「そんなことではお嫁にいけないよ」

「お嫁になんか行かない」

「家に置いておくわけにはいかないんだよ」

「行けばいいんでしょ」

「お嫁は器量じゃなく機織りの技だからね」

「もう、おっかさんのばか、鬼！」

とうとうオヨの頬を張る音がした。さすがに機織りのいのち、手足はぶたなかった。

「何するのよ、もう」

オヨは顔をおおって泣き叫んだ。吉十郎も我慢できず飛んできた。

「いいかげんにしろ」

そんな数年前までのことを母娘は思い出していた。

オヨは時を忘れて熱中した。

自分を引きつけて離さない何かを感じ、身体が震えるようだった。

一刻が過ぎた。

「おお、これは」

織り上がった白紬を手にしてふきは驚いた。

素朴ながら美しく柔らかく品があった。

吉十郎も眼を見張った。

「とても十一やそこらの子が織ったものとは思えぬ」

「ほんとね、私の娘だもの」

オヨの耳には入らなかった。

憑《つ》かれたように織り続けていた。

聡明で勝気、辛抱強い少女に育っていた。

機織りは村の女の大切な仕事だった。

わずかながらも一家の現金収入のたった一つの道であり、その上手下手は容姿より大事な嫁入り条件だった。

娘衆には、苧績みや機織り仲間がいた。それぞれの家を回って一緒に仕事をした。織りを始めるときにはまず髪をきれいに洗った。織った布に油が付いてはならないという注意心からだった。娘たちはまた、春になれば居坐機の上方の招木あたりに桜やつつじの枝を飾った。機の神様へのお供えだった。

織り仕事の終わった後、持ち寄った食材で料理を作り、食べながらにぎやかに語り合った。楽しいひとときだった。

十四、十五歳までの娘衆には黒姫様参りもあった。

栃尾郷から三里（十二キロ）の黒姫山へ向かう。黒姫様は黒姫山の山頂に祀られている神社で、機織りの神として信仰されてきた。娘たちは必ずお参りしなければならないといわれてきた。朝早くから夜遅くまでの道のりで年端のいかない娘は辛くて泣いたという。

娘たちにはまた、こんな言い伝えもあった。

一カ月以上もかかって一生懸命に織り上げた布にシミがついて売り物にならなくなった。娘は嘆き悲しみ、とうとう気が狂ってしまった。同じように売り物の布に傷ができて悲嘆にくれる別の娘がいた。そこへ飼っていた牛がやってきて、娘を背に乗せて山の池に沈んだ。風が吹いてくると娘が機を織っているのか哀しい音が聞こえてきた。

トントン

トントン

娘たちにとって機織りはそれほど重いものだった。

だが、美しい布を織りたいという憧れと熱い願いは誰の胸にもあった。機織り上手になって貧しい家を、困っている人を助けたい、と。

オヨも幼いころから祖母や母に「巻機天女」の噺を聞かされてきた。

昔、働きものの若者がおった。

ある年に父が亡くなり、その悲しみで母は病の床についた。

やっと十五になった息子は懸命に働いた。疲れた身体もいとわず病の母をやさしく看病した。

「わしの病気によく効く薬草が山の上にあると聞く。苦労かけるがとってきてもらえないかのう。わしも早く元気になって働きたいのじゃ」

母がいった。

「明日にでも探してくるすけ」

息子は遠い山へ向かった。

途中、一息入れた。景色を眺めていると、
トンカラント、トンカラント
かすかに機織の音がしてきた。

吸い寄せられるように山のてっぺんにたどり着いた。

「あっ」

と驚いた。

色とりどりの花が咲いている草原で、それは美しい女が機を織っていた。白い指先からみごとな布が、見る見るうちに織り上がっていく。

見とれていると女が言った。

「わたしはこの山の天女です。そなたの親孝行には、つねづね感心しておりました。母の病気は必ず治してしんぜましょう。村に連れて行って下さい」

「へい、かしこまりました。ありがとうございます」

若者は背中に天女を乗せて歩き出した。

家に着くまでは決して後ろを見てはならない。約束を破ったら、禍いを受けねばならないと、きつく言われた。だが、そう言われれば、どうしても見たくなる。若者は我慢できずについに振り向いてしまった。約束を破った若者の左眼は失明し、開くことはなかった。だが、母の病気は治り、若者は嫁をもらい、子どもも生まれて、家は栄えたという。

オヨや村の娘衆が最も憧れたのは七夕《たなばた》伝説だった。競って語りたがった。

「ほら、夜空に帯状に広がる天の川が見えるでしょ。降ってきそうよね。きれい、ほんとに美しい」

今夜はオヨが語り手。

「一年に一度だけ、東と西からこの天の川を渡って若い男女の星が出会うの。男は牽牛《けんぎゅう》星、農を守る牛を引いた星。女は機を織る織女《しょくじょ》星」

縁側には笹竹や露草、芒《すすき》が飾られ、供物台の上には瓜《うり》や西瓜《すいか》や桃。

静かに続ける。

「織女星に祈れば機織りの技が上達するというわ。それに……」

「それに何?」

「いい人が現れるって」

オヨは夢見心地の表情になる。

「現れたの?」

「まだよ。機織り上手にならないと来てくれない」

顔を赤らめ夜空を見上げた。

働きものの若者、美しい機織姫、みごとな技、人助け、いい人。娘たちが心豊かになる物語だった。

第4章　祭り

越後の特産といえば米、鮭、そして紬だった。

オヨの母ふきが機を織りながら話してくれたものだった。

「古くからお蚕さんを飼っていて、『えちご』といえば越後上布（白布）、麻織物だ。お侍の夏の衣服、素襖《すおう》や帷子《かたびら》の生地として喜ばれてのう。薄くてしなやかで涼しいんだや。それで将軍様やお大名様にもてはやされ、諸国にも広まったんだよ」

やがて緯糸に強い撚りをかけて布に独特のしわを出す縮という織物がつくられるようになった。織り終わった縮は、雪晒《ゆきさらし》といって春先に雪の上に広げる。この縮《ちぢみ》も有名になって小千谷や十日町、堀之内に市が立つようになった。

越後には古くから様々な織物、紬があった。

「紬、知っているな。あまりにも当たり前だが生糸にできない屑繭や、二匹の蚕さんが一緒につくった玉繭を真綿にして、今度はそれを指の先で紬いだ糸で織る織物のことだ。一に糸、二に織り。そのうちきっと新しい織りが生まれるかもしれん。オヨやってみい」

オヨが眼にしてきたのは、これまでの白無地、白紬だった。

栃尾郷でその白紬が織られるようになるまでにも実は長い年月があった。

寛文年間（一六六一～七三）長岡藩は、信濃国から滝沢五兵衛を招き機織りの技術を習わせ、やがて白紬が織られるようになった。さらに栃尾産の紬が広く知られるようになったのは宝暦期（一七五一～六四）だった。宝暦三年（一七五三）、桐生甚兵衛が会津から良質の蚕種を導入したことにより養蚕が盛んになり、技術的にも発展した。とはいうものの日常着の粗末な織物が主だった。

母のいう「新しい織り」とは一体なんだろう？　謎のような言葉だった。


安永三年（一七七四）。オヨは十五歳になっていた。

小柄で色白、切れ長の眼。唇と顎の下に小さなホクロがあった。笑うとえくぼができた。その娘ぶりは村人の眼を引いた。

きびきびとよく働いた。

機織りでは評判の織手になっていた。農作業にも精を出した。

雷が鳴って、紫陽花をぬらした梅雨が明け、夏がやってきた。

辺りは濃い緑に萌え、蟬しぐれが聞こえる。

朝から太陽がぎらぎらと栃尾郷を照りつけていた。

機織りは夜なべに回して農作業に出なければならない。

　石の鳥居に蛙がのぼる
　明日は必ず雨が降る

雲も風のように動いていた。

雨の来ぬうちにと村々では田の草取りが始まっていた。

「おはようさん」

「いい天気で」

菅笠をかぶり、暑さ除けのゴザを背負った百姓たちが言葉を交わす。

オヨもまた父母、十八歳になった兄の由吉とともに田んぼに入った。

かんかん照りの下、田んぼに張った水は湯のように熱くなっていた。

「難儀だぞ」

ふきが二人に声をかける。

這《は》いつくばっての稲の下草取りで、穂先で眼を突いたりして顔が腫《は》れ上がる。足に何匹もの蛭《ひる》が吸い付いてくる。

一日中やっていると眼がくらみ、足がむくみ、じんじん腰が痛む。

時々腰を伸ばして手甲をつけた手で額の汗を拭った。

「おっかさん、無理するな」

由吉とオヨが、ふきを気遣って声をかける。

「なあに大丈夫だ」

「休んでなって」

由吉がきつく言う。

遠くの山々が陽炎で揺らいで見える。

難儀な田の草取りは二番草、三番草と続く。

なかには蛇に足を噛まれる者もいる。吉十郎が薬箱を持って飛んで行く。つゆ草の茎や葉を摺《す》ったものを傷口の周りに付け、傷口をほおの木の葉で覆って風が入らないようにする。腫れが引いたらほおの木の葉をとってつゆ草だけをつけて覆っておけばたいがい治った。

例年にない暑さと荒仕事のなかでふきは次第に体調を崩していった。

家に戻ってからも、めまいや立ちくらみが続き、大量の汗をかいた。

「オヨ、頼むぞ」

風通しのよい部屋に床を移すように吉十郎は言った。

オヨはふきの首や脇の下、太腿の付け根を冷たい手拭で冷やした。

「大丈夫だってば」

「おっかさん、何言ってるの」

吉十郎は別の部屋で薬草の調合にかかった。

「おとっつぁん、これとこれか？」

天日干ししたゲンノショウコやドクダミを指さした。

由吉はいつの間にか父親の調剤の手伝いをするようになっていた。


若い人たちが集う若者組があった。

十五歳から結婚するまでの寄り合い場で、楽しくも意義あるものだった。

村の防犯・防災から祭礼の手伝いや獅子舞、盆踊りなどにもかかわっていた。彼らが寝泊まりする若者宿で年長者が恋の悩みや結婚、男と女の性愛などについても導き教えた。

由吉の両の眼は少し離れていたが、深い色を宿し、冷静沈着だった。若いが人を束ねる力があり、年長者からも後輩からも頼りにされていた。

だが、自分の将来については悩み、模索し、欝々《うつうつ》としていた。

父と同じ山伏になるつもりはなかった。一介の百姓で終わりたくないという気持ちも強かった。何かを成したい、手応えのある何かを。

由吉には今、眼の前にあるものが気になって仕方がなかった。

（俳諧はいい、自分の世界をつくれるような気がする）

百姓の間でも俳諧が流行っていた。どの村にも定期的に集まって句を詠む「連」というものが出来つつあった。

この地域の俳諧の流行には経緯があった。

栃尾郷にも信濃国あたりから蚕種商人たちが現れるようになった。蚕卵を仕入れて各地の養蚕農家に売り歩いていた。蚕種を行商するだけではなく最新の養蚕技術なども伝えた。商人たちは一方で俳諧の同友会をつくって俳諧を楽しみ、行商先の取引相手とも俳諧でつながっていた。

由吉は村の若者組をはじめ広く俳諧の友を募り、自宅で座を開いた。ときには養種商人にも来てもらい諸国の俳諧の様子を聞いた。俳諧好きの蚕種商人は道帽､編綴姿でやってきた。各地を歩く山伏の父親吉十郎も俳諧には少なからぬ興味をもっていた。

「俳諧は出自を問わない。誰でも出来る。お侍も百姓も商人もみな同等だ。実力がものをいうんだ」

信濃国の商人で、「信文」の俳号をもつ定吉は言った。

「へえー」

「それはいい」

ざわめきが起きた。

定吉は、俳諧のおよその流れを語った後、俳諧師と作品にふれた。

「みな松尾芭蕉は知っているか」

「はい」

由吉が手を挙げた。

「荒海や佐渡に横たふ天の河
旅に病んで夢は枯野をかけめぐる」

「そうだ。芭蕉が亡くなってだいぶ経つ。芭蕉の俳諧はわび、さび、ほそみ、かるみなどに特徴がある」

「さて、このごろは与謝蕪村だ。どんな句か？

　菜の花や月は東に日は西に
　春の海ひねもすのたりのたりかな
は有名だ。今は夏だ。夏の句といこう」

定吉は得意げに吟じた。

夕立や草葉をつかむむら雀
水桶にうなづきあふや瓜茄子
夏河を越すうれしさよ手に草履

「どうだい、眼に浮かぶだろう。蕪村は画も描く。俳画の創始者でもある」

みな眼を輝かせ、じっと聞き入っている。

「小林一茶という名も聞こえるようになった。これからの人のようだが滑稽《こっけい》、風刺に富んでいて親しみやすいようだ。ここは雪国、一茶の句を一、二。

これがまあ終のすみかか雪五尺
雪とけて村一ぱいの子どもかな
ではまた会いましょうや。次はみなさんに句をつくってもらいますよ」

定吉は村々の連から句の採点を依頼されていた。

次回の勉強会が待ち遠しいと思うのは由吉だけではなかった。

六之助もその一人だった。同じ村の本百姓の長男坊で、由吉より一つ年下の十七歳。浅黒い顔、厚い胸、どんぐり眼。気はやさしくて力持ち、誠実な若者だった。由吉のよき相談相手であり助手であった。

もちろん由吉たちが知る由もなかったが、出雲崎出身で自然を愛で子どもを慈しんだ清貧の禅僧良寛も後の天保期に栃尾の富豪富川家を度々訪れている。こんな歌を残している。
一度さえ　心にかかる　とちゅう（栃尾）の町　双六碁盤　からりころり

また良寛と親しかった貞心尼も訪れ、詠んでいる。
来てみれば　心もすめり　山水の流れも清き　川づらの宿

さて、村々では難儀な田の草取りが一段落した。

日差しは強いが、朝晩は涼しくなった。喧騒な蝉の鳴き声も静まり、夜には虫の音も聞こえるようになった。だが、空に赤とんぼが群れ飛ぶ風景は見えなかった。赤とんぼがいない年は稲が不作だといわれていた。

それでも村に盆踊りの季節がやってきた。

若者組の頭、政吉の指図、段取りで準備が始まった。

巣守《すもり》神社の中央に丸太のやぐらを組む者、周囲の草を刈り取る者、提灯をしつらえる者、笛や太鼓の音慣らしをする者。みな喜々として動き回った。

政吉が由吉と六之助を連れて準備にぬかりはないか一つ一つ見て回った。

「よし、いいだろう」

盆踊り本番の夜。

空には降るように星々が輝き、月明かりが村里を白く照らしていた。

老若男女が神社に続々とつめかけてきた。

ドン、カチ、カチカチ

カチ、ドン、カチカチ、ドン
ピーヒャラ、ピーヒャラ
太鼓と笛の音が鳴り響いた。鉦《かね》の音も聞こえてきた。

片肌脱ぎの六之助もやぐらの上にいた。太鼓のバチさばきは鮮やかで巧みだった。

「よっ、いいぞ」

下から由吉の声がかかった。

由吉の後ろで妹のオヨが六之助に熱い視線を送っていた。

六之助とは家で俳諧の集まりのある時に何度か顔を合わせてはいた。まだ言葉を交わしたことはなかったが、気になる存在だった。

六之助は汗を飛び散らせてバチを打ち続けている。

やぐらの周りに浴衣《ゆかた》姿の若衆や女子衆が勢ぞろいした。みな団扇《うちわ》を背中の帯に差し込んでいる。

ハアー
盆唄が始まる。

やぐらの上の音頭取りと高張提灯《ちょうちん》を先頭にやぐら下の踊り手たちの競演であった。

（音頭）大の阪ヤーレ七曲駒を

（踊り手）ハアヤレソリャよくめせ旦那様
（音頭）よくめせ駒を南無西方
（踊り手）よくめせ旦那様

越後は上布、縮の特産地。商人が江戸、大阪を頻繁に往来した。この踊りは商人が京阪で覚えてきたものだった。十日町や小千谷で盛んだったが越後各地でも流行った。

やぐらの周りの若衆、女子衆たちの踊る姿は賑々しく華やかだった。

老いも若きも、男も女も次第に熱を帯びていく。

「おっ、あれは？」

踊りの輪に突然、狐《きつね》の仮面をつけた十四、五人の一団がなだれ込んだ。

「ちゃんと踊らんかい」

「こうだよ、こう」

大将と思われる大男が列を乱して騒ぎ出した。

それを合図に、仲間の狐面たちが村の踊り手たちを押しのけた。

「俺たちだけで踊らせろ」

「上手の見本を見せてやる」

酒の匂いをふんぷんさせていた。

「いい娘だな」

女子の胸や尻を触るものもいた。

傍若無人の振る舞いに由吉は両の拳を握りしめた。

六之助がやぐらの上から飛び降りた。

大将らしき狐面の前に立った。

「なんだ、てめえ。やる気か」

六之助は罵《ののし》る大将を睨みすえた。

若者組の頭、政吉が間に入った。

「お前さん、村の者か。名前は？」

「誰だっていいだろ」

「そうはいかない。俺は若者組の頭だ。盆踊に責任を負っている。乱行は許さない」

「へん、なにが乱行だ。このくらいのことはどこへ行ってもやってる」

「この村の者じゃないな」

政吉は詰め寄った。

「うるせえ」

一団の面々が政吉を取り囲んだ。

「おーい、みんな来てくれ」

村の副頭格の由吉が叫んだ。

若者組が走り寄って狐面たちの前に立ちはだかった。

「どこの村のもんだ」

双方が一歩ずつ前に出た。

突然、入り乱れて小競り合いが始まった。

六之助が狐面の大将の仮面をはぎ取ろうとした。

大将は鈍く光る抜身の匕首をかざした。

「ここをどこと心得る。神社だぞ」

駆けつけてきたのは村役人たちだった。

「どこの者だ」

本殿から宮司も現れ、腕を組んで睨みつけた。

「ここまでだ、去れ」

大将の一声で狐面たちは消えた。

若者組の頭、政吉と村役人の判断で、盆踊りは途中で中止となった。

「これからが本番なのに」

「何なのだ、あいつら」

口々に非難の声を上げた。

娘組、女子衆は連れだって家路に向かった。二十人はいただろうか。

林を抜け開けた原っぱに出、畑田の道を通った。

星は陰り、漆黒の暗闇の中を歩いた。

「きゃー」

突然、悲鳴があがった。

あの狐面の一団が現れた。

「待っていたぜ」

一人が両手を広げる。

女子衆はあっという間に取り囲まれた。

「それっ」

大将と思われる大男の合図で男たちは襲いかかった。

一番若い子が手にかかった。荒々しく押し倒され、抱きかかえられ、草むらに連れていかれた。男はもどかしそうに浴衣を剝《は》ぎ、裾《すそ》をめくった。

「やめて！」

あちこちで聞こえた。

「オヨはどこだ」

大将が薄笑いを浮かべながら残る一人一人を睨《ね》め回した。

「評判のオヨはどこにいる」

「いたぞ、大将」

この日ずっと傍にいた小作の娘きくが、オヨを背にかばった。

「後ろにいるのはオヨだろ」

きくは一歩も動かない。

（そういえばと、思い出していた。まだ子どものころ、悪童たちにいじめられたオヨを助けたことがあったっけ）

「どけ」

「…………」

力ではかなうはずもない。きくは、いきなり蹴り飛ばされ、地を這った。

「おい、こいつをどうにかしろ」

きくは他の狐面に羽交い絞めに組み敷かれた。

「オヨちゃん、逃げて！」

大将はニタニタ笑いながらオヨに近づき、肩に手を回した。

オヨは、顔面蒼白、恐怖で震えた。

顔を張られ、よろめいた。眼がくらみ、息が止まりそうになった。

「ああ」

抱きつかれ、雑木林の暗がりに引っ張り込まれた。

はだけた浴衣の胸から白い肌がのぞいた。やわらかな胸のふくらみに手が伸びた。

「やめてえ」

大将は興奮して眼も虚ろだ。いきなり唇を吸った。

その刹那、オヨは手を伸ばして拾った石で大将の頭を打った。

「痛え！　何をする」

「舌を噛んで死んでやる！」

「このアマが」

すさまじい形相で襲いかかってきた。

その時、

「ひえー」

のけぞった大将の叫び声が聞こえた。

色黒で丸顔の精悍な六之助が立っていた。兄の由吉が横にいた。

「なんでえ、手前ら」

大将は、たたらを踏んだ。

「いい加減にしろよ」

六之助の拳が大将の顔面をとらえた。

体勢を立て直した大将の足が六之助の腹や腰を打った。六之助は蹲《うずくま》った。

狐面の仲間が集まってきた。手に手に棒切れを持っている。なかにはふところにドスを呑んでいる者もいる。

「手を出すんじゃねえ。助っ人に助けられたというんじゃ俺の面子が立たねえ」

男気を出していきり立った。

口の端の血を手の甲で拭いながらも六之助は一歩も引かなかった。

二人は地面を転げ回り、のたうち回った。

四半刻、半刻。

大男の大将は腕力が強く瞬発力もあった。だが持続力はなかった。六之助は、一瞬の力は劣るが粘り強かった。一年中、過酷な百姓仕事をしている六之助と、どこかのお坊ちゃんとは身体の鍛え方が違った。

大将はとうとう息切れがして地に膝をついた。

「さあ、こい」

六之助は両足を広げ、腰を落として身構えた。

「ちくしょう、これまでだ」

憎々し気にいう男の仮面を剝《は》いだ。

「お、おめえ。栃堀の大庄屋の息子でねえか」

由吉が驚き顔で言った。

栃堀村には二人の庄屋がいて、男は植村角左衛門とは別の大庄屋・高橋庄之助の跡取り息子だった。

狐面をかぶりなおした大将は、仲間を引き連れ闇に消えた。

「大丈夫ですか」

茫然自失、まだ恐怖のなかにあるオヨを六之助が抱き起した。

「酷い目にあったな」

兄の由吉もいたわりの声をかけた。

恥ずかしさと悲しさと悔しさでオヨはしばらく泣いていた。

「泣くな」

由吉が言った。

オヨは身繕いをし、まっすぐに六之助を見つめ頭を下げた。

「ありがとう」

蓮の花がポンと音を立て咲いたような気がした。

蓮田が近くにあった。

（夜でも咲くのかしら）

この夜のことは忘れまいとオヨは思った。

オヨの母ふきはすっかり背中が丸くなり小さくなった。盆を過ぎても容体が悪くなるばかりだった。

めまい、立ちくらみに襲われ、とうとう寝ついてしまった。

首や肩、喉《のど》や鳩尾《みぞおち》が痛み、動悸、息切れが続いた。痛みは時には和らいだが次第に強くなり、眠れなくなった。

吉十郎が脈をとる度に速まり、胸を押さえて苦しんだ。

由吉とオヨを呼び、言い聞かせた。

「心の臓の病だ。治らぬかもしれぬ」

吉十郎が取り寄せた薬をオヨが煎じて飲ませた。

「おっかさん、食べたいもののない？」

と聞いても、

「何にもいらねえ」

弱々しい声が返ってくるだけだった。

やせ衰えていく母を見て台所の隅でオヨは泣いた。

吉十郎は栃堀から本道の医師玄庵を呼んだ。

玄庵は丁寧に診た後、三人を前に小声で言った。

「もう長くはない。覚悟されたほうがいいかと」

日々、病状は悪化した。

ふきは混濁した意識のなかでオヨに手を差し伸べ、わずかに唇を動かした。

「何？　何か言いたいの」

口許に耳を近づけた。

「つ・む・ぎ、お前なら、あ・た・ら・し・い、ものがつくれる」

謎のような言葉を聞くのはこれで二回目だった。それは最後の言葉、遺言でもあった。

その後も熱が上がったり下がったり、皮膚の色が青ざめたり白くなったりした。水分しか取れず、眠っていることが多くなった。

やがて呼吸が不規則になった。

「ふき」

「おっかさん」

ある朝、枕もとで三人はふきの手を握った。
一、二度の、長い間隔をあけた息継ぎに続き、最後の呼吸が聞こえた。そして反応がまったくなくなった。
急ぎ駆けつけてくれた玄庵が手を合わせた。

「ご臨終です」

「おっかさん」

オヨの泣き声が続いた。

小さいころから厳しく教えられた機織りのことを思い浮かべた。自分が気づかず眠っていた才能を眼ざめさせてくれた母。

(新しい紬、きっと作るからね)

穏やかで安らかな死に顔だった。

母の生は終わりではない。母の教えは私の胸にずっと生き続ける。オヨはそう思った。

栃尾郷の山々に、美しい紅葉が始まっていた。


双子の姉妹で庄屋の養子になったサヨはどうしているだろう。

サヨも十五歳になっていた。小柄で色白、目鼻立ちがはっきりして、笑うとえくぼができた。顔にホクロはなかったが、どこかの誰かにそっくりだった。

明るく真っすぐで、よい心だてで、使用人の男衆にも女衆にも、村人にも評判はよかった。

今は三味線の稽古にも通っている。一芸に秀でれば良縁に恵まれるといわれた。

習い始めは「岡崎」だったが、師匠の教え方がよく「六段」や「松竹梅」、「越後獅子」などの難しい曲も弾けるようになった。

打つや太鼓の音も澄み渡り
角兵衛、角兵衛と招かれて
居ながらにして見する石橋の……

女師匠が長唄を口ずさみながら弾く。

それを手真似て三味線を構え、息を整え、撥《ばち》を当て、弦を鳴らす。

「その調子、いいよサヨさん」

「撥の添え方これでよろしいのですか」

一刻の稽古はあっという間に終わる。

稽古の日は忙しい。湯に入り髪を結い、朝早く稽古に出かける。帰ってきて朝餉、昼までおさらい。昼餉後、家の手伝い。夜は家事をすませ、母と一緒に機織りをした。

疲れはしたが充実した日々を送っていた。

子宝に恵まれなかった庄屋夫婦はサヨを養子にした。その三年後に授かった実子の左兵衛も十二歳になっていた。サヨはこの弟を小さいときから可愛がった。

左兵衛は庄屋の大事な跡取りだった。あと何年かすれば庄屋見習いに出さなければならないと父の角左衛門は考えていた。

母のあさは、使用人の男衆女衆をうまくまとめ角左衛門を助けた。

そして小さいころから息子左兵衛をことのほか厳しく育てた。

「そんな座り方がありますか」

腰、膝を指さして叱る。

「正座というのは、畏《かしこ》まるということです。手はこうでしょう」

礼儀作法にはうるさかった。

「ごちそうさまでした、となぜ言えないの」

「サヨはあなたの姉上です。その口のきき方は何ですか」

「外から帰ったときは大きな声で挨拶なさい」

何もかも直され、正され、左兵衛は辟易《へきえき》して言った。

「もう子どもじゃありません」

あさの小言は毎日のようでサヨも耳もふさぎたかった。

「庄屋の跡を継ぐ人が情けない。よーく考えなさい」

と、容赦しなかった。

「かかさま、それでは左兵衛があまりにも可哀そう」

サヨが泣いて訴えたことが幾度もあった。

角兵衛は何か言いたそうだったが黙っていた。

ある日のこと。あさは買い物に出ていた。

左兵衛が縁側で庭を眺めていたサヨに近づいた。

「私は両親の本当の子どもなのかな。どこからか拾われてきたんじゃない？」

首をうなだれ泣き出しそうな表情だった。

「どうしてそう思うの」

「だって、かかさまは…。きっと私が憎いんだ」

「そんなこと、あるはずがないわ」

あさが、なぜ左兵衛に厳しく当たるのか。サヨには分かりかねた。

子守のきみは、そのままサヨの世話係になっていた。

気立てがよく、きびきび働く姿にはどの使用人も一目おいていた。

きみはサヨのよき相談相手で、姉さんのような存在だった。両親に言えないようなことでも打ち明けた。

「ねえ、きみ」

「はい、サヨさま」

「かかさまは、なぜ左兵衛に厳しいのかしら」

きみは、しばらく考えていた。うすうす何かを感じているようでもあった。

（腹を痛めて産んだご自分の実子だからこそ、あえてきっと……）

だが、

かった。

「さあ、私には…」

答えなかった。いや、答えられなかった。

サヨにはいずれ分かる時がくるのだが、今はただ弟に深く同情し、かばうことしかできなかった。

もう何年も前のことだったが、時々思い出しては母の恩愛に感謝した。

そのサヨの嫁入りも遠い話ではなかった。

縁談が幾つか持ち込まれていた。

一つは同じ栃堀村のもう一人の庄屋、高橋庄之助からだった。

高橋庄之助は、貧乏庄屋の角兵衛門とは違って大庄屋だった。

通りに面した表門を入ると、屋敷地内の母屋が見えた。母屋には大小十二部屋があった。

ほかに隠居室、長屋、蔵、物置小屋が並んでいた。田畑、山林も多く、十数人の使用人がいた。

高橋庄之助は、庄屋仲間の一人を介し、供を連れて植村家にやってきた。

「いやいや、これはどうもご無沙汰で」

でっぷり太って脂ぎった顔に笑顔を浮かべた。

「わざわざ、お越しいただき恐縮です」

角左衛門とあさが懇《ねんご》ろに迎えた。

庄屋の寄り合いで顔を合わせてはいるが、親しく話したことはほとんどなかった。

サヨの噂《うわさ》をどこからか聞きつけて息子岩次郎の嫁にと思ったのに違いない。

「どうですかな今年の米の出来は？」

まずは、間もなく始まる米の収穫の話になる。

「はあ、稔《みの》りが芳しくないようで。昨年よりさらに悪いかと」

角左衛門が地回りした様子を話す。

「そうですな」

相づちを打つ。

「果たして年貢が納められるか。百姓は難儀です」

「ま、搾《しぼ》れるだけ搾り取るしかありませんな。百姓なんてものは生かさず殺さず、甘やかしてはいけません」

庄之助は事も無げに言う。

二人の庄屋には村の治め方に大きな温度差がある。いずれは、ぶつかるかもしれないと角左衛門は以前から思っていた。

座敷の襖が開いてサヨが茶菓子を持って現れた。

「どうぞ」

その姿は楚々として端麗、たおやか。

庄次郎は眼を見張り、身体を眺め回している。

「ほう、噂どおり、お美しい」

サヨは一礼して去る。

「どうでしょう。うちの豚児にぜひ」

眼を細めて言う。

「は、しかし少々お時間を」

もとより即決できるものではない。

「分かり申した。ひとつお頼み申す」

庄之助は上機嫌で帰った。

翌日。角左衛門が、

「どうだいサヨ」

サヨは困惑の表情を浮かべた。

庄之助に会うことさえためらっていた。顔を見たこともない相手との婚姻は、世間では当たり前だった。しかも女子には相手を選ぶ資格などなかった時代。しかし、サヨには考えられないことだった。

角左衛門にしても仲介者の顔を立てたということで自ら願ったことではなかった。

だが大庄屋の高橋庄之助はこの話に執心した。サヨと息子の岩次郎を見会わせたいが都合はいかがかと再三使いをおくって来ていた。何かに急《せ》かれ、焦《じ》れた様子だった。

角左衛門は返事を延ばしに延ばしていた。

そのうち岩次郎についてのよからぬ噂が伝わってきた。

粗野で乱暴者で、その上執念深いという。手下の若い一団を連れて村々を暴れ回っているともいう。荷頃の盆踊りにも狐面をつけて現れ、踊りを滅茶滅茶にした上、女子衆を襲ったというのだ。

「そんな嫌われ者にサヨを嫁がせるわけにはいかない」

角左衛門は仲介者を通して断りの旨を告げた。

だが、あきらめる風はなかった。

「ま、そう頑《かたく》なにならず、もう一度お考えを」

執拗に迫ってきた。

応じる様子もない角左衛門に、

「大庄屋のわしに恥をかかせるつもりか」

と怒りを露《あら》わにした。

今後一切、何の相談にも乗らない、庄屋の寄り合いにも顔を見せるなと脅してきた。

「ひどい。あれが庄屋を束ねる大庄屋の言うことですか」

サヨの弟、左兵衛は歯ぎしりをして悔しがった。

これを機に角左衛門と庄之助の軋轢《あつれき》は長いこと続くことになる。

天候不順、凶作、困窮、夜逃げ。百姓たちは暮らしに喘《あえ》いでいた。

こんな世だからこそ庄屋が役割を果たさなければならない。角左衛門は、跡取り息子の左兵衛によく話して聞かせた。

「いいか、庄屋を笠に着て驕《おご》り高ぶってはならない。百姓の言い分を真摯に受け止めねばならない。百姓が逃散することのないよう困窮者を助ける。年貢は、百姓の痛みにならないように心がける。凶作の年には飢饉に苦しむ百姓の手当てを忘れてはならない。分かるな、左兵衛」

空に暗雲が低く垂れ込め、やがて恐ろしい勢いで彼方へ走った。角左衛門は複雑な思いで眺めた。

第５章　端切れ

花の春、ほととぎすの夏、月の秋、雪の冬。

栃尾郷の山里にまた幾つもの年が通り過ぎていった。

母ふきを亡くした家の中は火が消えたように寂しくなった。オヨは、悲しみからやっと癒《い》え、家事万端をこなした。昼は野良仕事に精を出し、夜なべに機を織った。

父の吉十郎は母の死後、めっきり元気をなくし体調を崩す日が多くなった。髪に白いものが目立つようになり、山伏修業で鍛えた頑丈《がんじょう》な身体にも衰えが見え始めた。

兄の由吉がそんな父を心配し、生薬を調合し、煎じて飲ませた。

「お前にそんなことをさせるとはな、俺もお仕舞いだ」

「何を言っているの。おとっつぁんに診てもらいたいという人は山ほどいるのよ」

オヨは、そう言っては励ましている。

ふき亡き後、家族は一時喪失感に見舞われたが、それぞれが精一杯生きていた。

子ども好きの由吉は、寺子屋を始め、その師匠になった。

庭の松の木に「寺子屋荷頃」の木札をぶら下げ、離れの狭い一室を手習いの部屋とした。七、八歳から奉公に出るまでの十一、十二歳の九人が寺子だった。読み書き算盤《そろばん》を教えた。手習いは朝五ツ（八時）から昼八ツ（午後三時）まで。昼飯は家に帰って食べる。田植えや稲刈りの農繁期には家の手伝いが優先で寺子屋は休みとなる。貧しい百姓の子どもが多く、謝儀（授業料）などは、あってないようなものだった。

「おはようございます」

子どもたちの元気な声を聞くと由吉もオヨも、とくに父の吉十郎がうれしそうに眼を細めて眺めている。

授業中も庭先からこっそり見ている。

師匠の由吉が上の子どもたちに教本『百姓往来』を読んで聞かせている。手を上げて質問する子もいる。

（あの子はいい筋をしている。楽しみだ）

吉十郎はときどき〝特別師匠〟として、山伏・修験者のころの思い出話をして人気だった。

こんなふうだ。

「昼なお暗い森があっただ。そこに人を化かす狐がおった」

子どもたちを話に引き込む。

ある日、一人の修験者、わしと同じ山伏が通りかかった。すると木の根元で狐がコックリコックリ昼寝をしていた。修験者は狐をからかうことにした。

「大変だ、猟師がきたぞ！」

といって小石をぶつけた。狐はびっくり仰天、一目散に逃げ出した。

「わはは、化かされおったわい」

その夜のこと。修験者の家に頬かむりした男がやってきた。

「お仲間が急病です。すぐ来て下さい」

修験者はついて行ったが、男は足が速くてとても追いつけない。

「待ってくれ、まだか」

「まだだ」

「待ってくれ」

「まだまだだ」

だんだん夜が明けてきた。疲れ果てて木の根元に腰をぺったり下ろし、あたりを見渡した。すると、なんとそこは昼間通った森だった。すでに頬かむりの男の姿はなかった。

「しまった」

修験者はまんまと狐に化かされたのだったとさ。

「わしは、そんな悪いことはしなかったど」

子どもたちは疑わしそうに顔を見合わせたが、

「んだよな」

と言って拍手を送る。

授業が終わると子どもたちは、にぎやかに騒々しく飛び出して行った。

「行きは牛、帰りは馬の手習子」

とうたわれた川柳の通りだった。


由吉は若者組にも熱心だった。

最も頼りにできる男が本百姓の総領、六之助だった。盆踊りの騒ぎ以来、ますますその感を強めていた。若者組の頭、政吉の信頼も厚かった。

栃堀村の狐面の男たちとの顛末《てんまつ》は、またたく間に郷内の村々を駆け巡った。狐面たちが仕返しの機会を狙っていると耳にしたが、今のところその気配はない。事が起きた時の段取り、手はずは由吉と六之助が頭の政吉の意を得て進めていた。

六之助はまた、由吉が運営している俳諧の集まりにも顔を出していた。俳諧を楽しんでいる様子だった。

六之助は頻繁《ひんぱん》に由吉を訪ねるようになった。
オヨと顔を合わせる機会も多くなった。
盆踊りの晩、六之助は狐面の岩次郎から身体を張ってオヨを守った。
（あのときは……）
オヨの胸のどこかに今も恥ずかしさと悲しさと痛みが残っている。
顔を合わせてもはじめは眼で挨拶程度だった。
だが、時が二人を近づけ変えてくれた。
オヨはいつしか六之助が来るのを待つようになった。
トントン
トントン
六之助がいつ来ても板部屋から澄んだ心地よい機織りの音が聞こえた。
「オヨさん、織ってるね」
「ああ、見るかい？」
兄の由吉が案内した。
筒袖《つつそで》木綿の着物に前掛けをしたオヨが織っている。
トントン
トントン

居坐機に両足を伸ばし、手には杼と箆。手足と身体が一体になって自在に小気味よく動く。身体が機の一部になり、躍っているように見えた。織られた白地布が次々に流れ出てきた。機に向かうときの緊張と喜びと期待。オヨは布を織るのが楽しくて仕方がなかった。織っているだけで幸せだった。

時には涙を流しながら織った。

栃尾郷の母、祖母、そのずっと遠い昔から身を削って織り続けられてきた紬。その一本一本の糸にこめられた女たちの魂の息遣いが聞こえてくるようだった。

六之助は機を織るオヨの姿に魅せられ、我を忘れて見つめていた。

オヨは背後に六之助を認め、熱い視線を感じた。

見つめ返して恥ずかしそうに顔を赤らめ、微笑んだ。

また何事もなかったように織り続けた。

その手さばき、技、速さ、品。

六之助の家でも母や妹が機を織っているがオヨのそれに比べるべくもなかった。

オヨの機織り姿は気高く尊かった。

(この人は、何かをやる女子だ)

幾度もオヨの機織りを眺めてきたが、その思いは強まるばかりだった。

こんなこともあった。

トントン
トントン
トン
一心に織りながら、ふっと手を止めて遠くを見つめ、もの思いにふける様子を見せることもあった。きっと何か知恵が浮かんだのだと思った。それはそれで楽しみだった。

やがて、この人を支えてやりたいという感情が六之助に芽生えた。

オヨも六之助に見つめられると甘酸っぱくときめいた。胸の奥が切なく痛んだ。

「飯を食って行かんか」

ある日、由吉が声をかけた。

「何もありませんが召し上がれ」

襷をかけたオヨが膳を運んできた。着物の裾からのぞく艶やかな白い足がまぶしかった。

膳はハレの日以外には口にできない白米と三皿のおかずだった。

「これは……」

「オヨの心尽くしだ」

若者組、俳諧、作物。由吉と六之助の話は続く。

「お代わりもどうぞ」

「では遠慮なく」

六之助が飯茶碗を渡そうと手を伸ばした。その手にオヨの指先が触れた。
オヨは弾かれたように小さな声を上げ、うつむいた。
二人ともドキドキしていた。
（互いに意識しあっているな）
由吉はうれしくなった。
だが人前ではそんなそぶりも見せなかった。

　ほれた人ほど人目かねて
　他人顔する身のつらさ

という機織り唄もあれば、

わしとおまえさんは
羽織のひもだ
しかと結んで胸におく

という謡もある。

（あの人に私の風のたよりを伝えてよ）

六之助に会えない時、オヨはそう想った。


ある日の午後。オヨの親友きくが一人の男を連れて訪ねて来た。

部屋に通された二人は正座し、どこか緊張していた。

「忠七と申します。よろしゅうに」

細面だが、身体はがっしり、声は太かった。

「おう、忠七」

由吉も部屋に入ってきた。

「こんにちは」

忠七は由吉と六之助共通の仲のいい百姓仲間で、六之助より一つ年下の弟分だった。

「この人のところにお嫁に行くことになったの」

きくが挨拶をした。二人はあらためて深々と頭を下げた。

「おめでとう。兄さんから薄々に聞いてはいたけど」

オヨは、不意にきくとのことを思い出していた。

（冬の嵐の晩、高熱を出して運び込まれ、父吉十郎が命を救ったこと。村の悪餓鬼にいじめられたオヨを、きくが身体を張って守ったこと。母の機織りを一緒に見ていたこと）

そのきくが遠くへ行ってしまうような気がして寂しかった。

「忠七さん、きくを泣かせたり不幸にしたりしたら承知しないから……」

あとは言葉にならなかった。

「ありがとう」

きくはオヨの手を握りぽろぽろ涙をこぼした。

眼を外に向けると初秋の空は晴れ渡り、菊の匂いが強く漂っていた。


父の吉十郎は少しずつ回復を見せていた。一度会っておきたい人がいると言い出した。魚沼地方十日町の古い山伏仲間だという。

「無理です。よしたほうがいい」

由吉もオヨも反対した。

「なに、薬籠《やくろう》を携えていけば、なんということはない」

頑固な吉十郎は聞かなかった。

数日後、旅支度を整えると振り返りもせずに出て行った。

荷頃から十日町までは遠い。しかも季節は晩秋に向かっていた。

十日町は越後南部に位置し、信州との国境にある。豪雪地帯で、村人たちは冬の間、家の中で糸を紡ぎ、機を織った。湿度が高いので紡ぐ糸は細くて切れにくい。織物に適した土地柄だった。

十日町は、越後上布といわれる平織りの麻織物で知られた。上布とは上等な麻織物のこと。白糸と染色糸を経糸に使って縞柄《しまがら》をつくったもので、薄くしなやかで張りのある夏用の織物として重宝された。やがて、麻から絹へ移っていった。繊細で緻密な柄の十日町縮や十日町絣が諸国に有名を馳せた。

吉十郎がその十日町から戻ったのは、すでに冬の気配のするころだった。

「オヨ、オヨはいるか」

戸を開けるや大声で入ってきた。

「おとっつぁん、大丈夫けえ」

昼餉の支度をしていたオヨは襷を外し、手を拭きふき迎えた。

「ほれ、お土産だ」

「何？」

「見てみい」

オヨに手渡したのは、七寸四方ほどの布の端切《はぎ》れだった。

それは縞柄織物の端切れだった。縞織物とは二種類以上の色糸を使って織り出した経または緯の筋のある織物のことで、縦縞、横縞、格子縞などがあった。

吉十郎が持ち帰った縞織物は、鮮やかな黄水仙色の生地に薄鳶色《とびいろ》の縦縞模様。上品で気高い趣があった。

「まあ」

オヨは眼を見張り、言葉を失った。

「店先に並んだ越後上布の中にあった。ぜひお前にと買ってきたんだ」

「話には聞いていたけど、こんなに美しいとは」

端切れを眼の上にかざし、宝物でも見るように、穴のあくほど見つめた。

表を返し、裏を返し、縦にし、横にし、いつまでもいつまでも憑かれたように眺めていた。

オヨの胸に何かを語りかけてくるように思えた。

この小さな縞織物の端切れが、やがてオヨの人生と栃尾郷の運命を変えることになるのだが、誰一人として予想する者はいなかった。

栃尾郷の織物はそれまで、白紬《つむぎ》を無地で藍染にするか型染めにして生地を染めたもので、太くて丈夫で実用向けではあったが、模様の変化も乏しく、また光沢もなく製品としては見栄えのしないものだった。

一生懸命に織ってはきたが何か物足りない、華やかさがない。オヨはずっとそう思ってきた。美しいものへの憧れが人一倍強かった。

機を織りながら一瞬手を止め、遠くを見つめて物思いにふけったのもそのことだった。

(栃尾の白紬もこのように織れぬものか)

オヨは、母ふきが今際に残した謎のような言葉を思い出していた。

「お前なら新しいものがつくれる」

（おっかさんが言いたかったのはこのこと？　やってみる。苦しくとも挑んでみる）

その夜、オヨは縞織の端切れを胸に抱き夜明けまで眠れなかった。

縞柄の端切れとの出合いはオヨの一生を左右する出来事だった。

山里にはまだ紅葉が残っていたが空気は冷え、あたりに雪の匂いが漂った。やがて小雪が舞った。初雪だった。

第6章　婚礼

安永八年（一七七九）。

オヨは二十歳を迎えていた。

父吉十郎が十日町から持ち帰った端切れは、オヨの日々を変えた。

無地の白布に美しい縞柄をつけた新しい織物を織り出すこと。それがオヨの果たすべき仕事だった。亡き母ふきの謎めいた励ましの遺言に応えることでもあった。

（機織りが好きだというだけで私にできるかしら）

どんなに複雑な織物でも経糸と緯糸の単純な組み合わせ。その経糸は初めから決まって有る必然。緯糸は偶然。経緯糸の交差で布が生まれるのだが、どうすれば立体的な模様が生み出せるのか。

あまりにも遠い、先の見えない道のりのように思えた。

村々で一番の織り上手、天才と言われてはきたが、まったく新しいものの創出は並大抵のことではなかった。

ただ、しなやかでたくましい感性と若さがあった。前向きで負けん気の気質があった。嫁に行くには盛りを過ぎていたかもしれない。

父が持ち帰った端切れが、嫁がせてはくれなかった。

いや、待っていてくれる人がいるという安心感もあった。六之助を想うと幸せだった。

昼間は田畑の仕事、家事万端をこなし、夜なべに新しい紬のための時間をやりくりした。

兄の由吉がいたとはいえ、めっきり体力を落とし、病気がちになってしまった父の世話も容易ではなかった。オヨも痩せ細ったようにも見えた。

そんな姿を六之助はじっと見守ってきた。

「大丈夫かい？　俺にできることないか」

そっと声をかけた。

「ありがとう」

そう言って、笑むだけだった。

「身体こわしたら何にもできなくなるよ」

六之助は心配でならなかった。

新しい縞紬を作り出す仕事は休みなく続いた。

昨年春、六之助はオヨに、

「俺の嫁になってくれ」

と熱い思いを伝え、両の手を握った。

オヨは、ぽっと頬を染め、その手をあずけたまま、こくりとうなずいた。

だが、想い人に深く頭を下げて言った。

「いま少し時間を……」

新しい紬への並々ならぬ決意を思い知らされたのだった。

六之助の家には、父は他界していたが母と二人の妹がいた。だから心おきなく仕事ができるのではないか。オヨの父親の世話は妹たちが時々見に行けばいい、幸い家は近い。

いささか強引だったが六之助はオヨにも兄の由吉にもそう言い続けてきた。

オヨを母と二人の妹に会わせていた。家族もオヨがすっかり気に入って良縁だと言った。

このころ武家は政略縁組、商家は後継縁組やお見合いが多く、結婚相手は自分では決められないものだった。武家の縁組などは、それまで相手と会ったこともなく、祝言の床入りの時に初めて顔を見るということさえあった。が、庶民・百姓は、互いに恋い慕う結婚ができた。それでも反対された時には若者組が「嫁盗み」をして二人のために応援態勢をとった。

オヨも六之助の熱い想いに沿いたいと考えるようになった。

(幸せを今つかまなければ……。この人と一緒になろう)

喜びがふくれあがってきた。胸が切なくなって眠れない日もあった。

春、四月二十五日。

日ごとに暖かくなり、村は春霞《はるがすみ》におおわれていた。

遠くの山々に白い帯を巻いたような桜の波が望めた。風が出てきた。花びらが吹雪となって舞い散った。

オヨと六之助の形ばかりの祝言が行われた。

祝言といっても、気詰まりなく、気軽に普段着でというのが二人の願いだった。

オヨの父吉十郎の病状を配慮し、夜ではなく昼間に行うことにした。

オヨは家で着物を着付け、ほんのり薄化粧をして六之助宅に向かった。

六之助宅の座敷。

新郎の母と二人の妹。そしてオヨの父吉十郎、兄の由吉が並んだ。

振袖姿のオヨと紋付袴姿の六之助は緊張し、上気していた。

六之助の妹が盃代を捧げて二人の前に座った。

ささやかな三三九度の盃事が始まった。二人はまぶしそうに見つめ合った。

三三九度の一盃目は二人の過去を表し先祖へ感謝、二盃目は二人の現在を表しこれから力を合わせて生きていく意思、三盃目は二人の未来を表し一家の安泰と子孫繁栄を願うものだという。オヨと六之助はそれぞれ何を考えていただろうか。

(オヨいつまでも幸せにね)

亡き母の声が聞こえたような気がした。

外に抑えきれないような祝いの声と拍手が聞こえた。

若者組や娘組の仲間、俳諧仲間、親友のきく夫婦、近所の人々が集まっていた。

式三献の盃事を終えた二人がそろって庭へ出てきた。

一際大きな歓声が響いた。

「六之助さん、おめでとう」

「オヨさん、よかったね」

「六よ、オヨさん泣かせたらぶっ飛ばすからな」

「そうよ、そうよ」

二人は腰をかがめて頭を下げ、挨拶をした。

その表情は輝き、喜びに満ちていた。


同じころ双子の姉妹のもう一人、サヨも婚礼の席にいた。

上北谷の庄屋の奥座敷。金屏風《びょうぶ》を背に、紋付袴の羽田宇衛門と黒引き振袖、角隠し姿のサヨが座っていた。

宇衛門は三代目の跡取りになったばかりだった。

サヨの父植村角左衛門と先代の羽田宇衛門は若いころからの友で、互いに庄屋として切磋《せっさ》琢磨《たくま》してきた仲だった。

栃堀村の大庄屋の息子の嫁にと見染められたがサヨは断った。とうとう「大庄屋のわしに恥をかかせるつもりか」と立腹し、しばらくは軋轢がつづいた。やがて息子の悪評が村人たちにも伝わり、縁談を断念したのだった。

サヨも嫁入りの年齢を越していた。角左衛門の跡を継ぐ弟の左兵衛も嫁をもらう年齢に達していた。

そんな事情を知って心配した泉村の庄屋仲間、本田栄之進が仲人役を買って出てくれたのだった。

新郎の宇衛門は、すっきりした顔立ちで長身、たくましい胸をしていた。まだ若いが穏やかな性格で村人たちの信頼は厚かった。

サヨは母あさをよく助け、家事万端、裁縫、機織りにも精をだしてきた。まだ見ぬオヨと同じように機織りは村の評判になった。

そのサヨが一心に取り組んできたのが貧しい家の子どもたちの世話だった。父の許しを得て屋敷の離れを使い、裁縫や習字、算盤を教えた。女子だけの寺子屋のようなものだった。

「心根のやさしい、しっかり者のサヨさん」

宇衛門は、そんな評判を聞き、ぜひ妻に迎えたいと思ってきたのだった。良縁は村人たちにも喜ばれた。

婚礼の儀は三三九度の盃事に始まり滞りなく進んでいる。

宇衛門の両親と弟妹、サヨの父角左衛門・母のあさと弟の左兵衛が並んでいる。

末席にサヨのたっての願いで使用人の一人にしてもらった、きみの姿もあった。幼いころからの子守役だった。

いずれも感慨深そうな表情を浮かべている。

「本日はお日柄もよく婚礼にはまたとない吉日でございまして」

幾人かの祝いの挨拶が始まる。

高砂や　この浦船に帆を上げて
月もろ共に出汐の
波の淡路の島影や
遠く鳴尾の沖こえて
はや住の江につきにけり

朗々と「高砂」を謡う親戚もいた。

婚礼は多くの村人も招かれて盛大に行われた。

羽田の庄屋屋敷は、植村家とは違い格段に広い。奥座敷に村役人、長百姓が座り、平百姓は広間の奥の方、中間は茶の間、小作は台所に座って祝った。

サヨは家を出るとき角左衛門とあさの前に深々と手をついて挨拶をした。

「これまで二十年間育てていただき、ありがとうございました」

声が詰まった。

涙を拭くと続けた。

「羽村の嫁になりますが、私が父上、母上の娘であることに変わりありません」

二人とも二度三度うなずいた。言葉はなかった。

厳しかったがやさしい、心の大きい両親が大好きだった。感謝の気持ちでいっぱいだった。

サヨは嫁したからには庄屋羽村家の人間となる。宇衛門がいかによき人物であったとしても「女三界に家なし」で苦労は尽きないだろう。だが、サヨはきっと可愛がられる嫁になるだろう。私たちが手塩にかけて育てた自慢の娘だ、と二人は思った。

角左衛門とあさは、この子が自分たちの実子ではないことをすっかり忘れていた。生涯それを明らかにしてはならないと改めて胸に刻んだのだった。

オヨとサヨは婚礼の日、生まれて間もなく二人が引き裂かれた明け六ツにふと眼を覚ました。喪失感ではなく、この上ない幸せを感じた。二倍の喜びに思えて仕方がなかった。

（もう一人同じ思いの人がいるのかな）

第7章　試練

オヨの新婚の日々は続き、おだやかな幸せに包まれていた。

寡黙だが実のある夫・六之助。やさしい義母なか、二人の妹つやとすえ。つやは間もなく嫁入りの予定だった。

百姓の朝は早い。

冬、まだ外は暗い。クマザサに冷たい風が吹き渡る音が聞こえ、庭先に霜が降っていた。

「おはようございます」

オヨは前垂れを締め、着物の上から襷を回し、朝餉の支度に立つ。

「オヨさん、もっとゆっくりでいいのよ」

妹たちが気遣ってくれる。

オヨが竃《かまど》で飯を炊く。妹たちが菜を刻み、湯を沸かす。三人で飯の支度をすればあっという間に終わってしまうのだが、にぎやかで楽しい。

みそ汁の匂いが立ち込め、部屋も温まっている。

ようやく六之助が起き出してくる。

オヨにとって、そんな日常が愛しく幸せだった。

といっても百姓仕事は朝から晩まで途切れることはない。

冬は冬で男は米俵や縄ない、筵を織り、女は苧や麻の皮をさいて糸をつくり、機を織った。

オヨは嫁入り道具の一つとして家から愛用の居坐機を持ってきていた。よく使いこまれて飴色《あめいろ》の木の肌をしていた。

六之助の家にも置いてあり母と妹が使っていた。

トントン、トントン
トントン、トントン
二台が動くことになり、機織りの音が家中に響く。

「ほう」

「すごい」

「やっぱり織り上手だわ」

柔らかな気品のある織り。

オヨの織様に眼を細めうっとりと見つめている。

村々で評判の織りの名手を迎え、鼻高々の一家だった。

近所の女子たちが見に来ることも度々だった。

だが、オヨは満足していなかった。


父の吉十郎が十日町から持ち帰ってきた縞紬の小さな端切れ。

(お前なら新しいものがつくれる)

と言い遺した母ふきの言葉がいつも頭にある。

期待に応え、新しい紬を織り上げたいと立ち向かっていた。

白紬を無地染めか型染めにしただけのこれまでの栃尾紬をどう改良したら縞柄の紬にできるのか。小さな端切れを見つめながら来る日も来る日も考え、織機に座った。

六之助にも打ち明けていた。

「どうしたらいい？　染料は草根樹皮、土泥を使った従来ものを少し変えればいいと思うの。問題は縞柄の割り出しをどうしたらできるのか。大きな難関なの。そこを乗り越えることができれば、確かな先は見えてくると思う」

「ま、焦らずじっくり。手伝えることがあったら言ってくれ」

オヨは、新しい栃尾縞紬を求めて夜なべをした。

縞柄がどうしてもうまくできなかった。何度織っても不揃《ふぞろ》いな縞になり、糸をほぐし、また初めから織った。

そんな毎日で、頬は細り、感覚だけが鋭敏になっていた。

「機織り、少し休んだらどうだい」

六之助が心配して言う。

「ありがとう」

だが、持ち前の負けん気と頑固さが、そうはさせなかった。

不揃いの縞を織ってはほどき、ほどいてはまた織った。


翌年の安永九年（一七八〇）春。山肌を薄紅の絨毯《じゅうたん》を敷きつめたようにカタクリの花がさいた。

オヨのお腹に命が宿った。

日に日に大きくなるお腹を愛おしそうにさすり、六之助は耳をつけて心音を聞いた。

「聞こえる、聞こえる」

うれしそうな六之助。

厳しい顔つきで、こうも言った。

「絶対に無理するな」

家事や野良仕事は義母と妹に任せ、手を出させなかった。機織りもほどほどにと厳命した。

父が十日町から持ち帰った縞柄の端切れを模作し、新しい縞紬を作り出す仕事は、まだ端緒にあった。

六之助に隠れて大きなお腹をかかえながら居坐機に座った。時には一刻、二刻になることもあった。

当然ながら母体は弱っていった。

そして——。

ある日、不注意で居坐機の綜絖台にお腹を激しくぶつけた。へその当たりを両手でかばい、蹲って呻いた。

「オヨ！」

見つけた義母のなかが叫んだ。

「だから機織りは休めと言ったんだ」

聞きつけた六之助が産婆を呼びに走った。

オヨは顔面蒼白、肩で息をし、眼を閉じていた。

「ううっ」

やがて呻き声が聞こえた。

「うーん、うーん」

飛んできた産婆が、

「どれ？」

とお腹を触りながら丁寧に診た。

「身ごもって何カ月だ？」

「八カ月」

普通の臨月のころと同じほどのお腹の張り具合だった。

「これは……」

表情が厳しい。

「早産、しかも双子かもしれんのう」

産婆がつぶやいた。

赤子の生命に危険がある。生きて産まれても合併症を伴う。

「すぐに湯を沸かして」

「さらし木綿」

「盥に水」

矢継ぎ早に指示した。

母と妹二人が立ち働く。

お産は男子禁制、六之助はおずおずと隣の部屋へ。

「おおー」

「痛い」

オヨの座産による陣痛が始まったのだった。

陣痛の間隔がだんだん短くなっていった。

「大丈夫、もっと息め」

顔を真っ赤にし、汗を流し懸命に息んだ。

命綱を握りしめ苦しみに耐えた。

「そう、鼻から口から長く息をして息め」

妹のつやがオヨの手を握った。

そうしてどのくらい経ったのだろう。

「ああー」

小さな赤子が生まれ落ちた。男の子だった。

続いてもう一つの命が滑り落ちた。女の子だった。

双子。オヨの顔にひととき喜びの表情が浮かんだ。

そうして四半刻経った。

しかし、ついにうぶ声は聞こえなかった。

月足らずの死産であった。

「産婆さん、子は、私の二人の子は？」

オヨはかすんだ眼で赤子を探した。

産婆は躊躇《ちゅうちょ》した。死産の子らを見せまいとした。

「あのな……」

母なかが、唇をふるわせて言おうとしたが声にならない。

二人の妹は両手で顔をおおった。

六之助も襖を開けて入ってきた。茫然としている。やがてオヨの傍へにじり寄ると手を強く握った。

「どうしたのです。顔を見せて下さい」

「オヨ」

「産湯を使わせてやって下さい」

「オヨ、オヨ、いいかよく聞くんだ」

一呼吸をおいて六之助は言った。

「死産だった」

「えっ」

六之助の顔を凝視する。

「そんな。さっき、このお腹から生まれたのです」

(双子で喜びも倍以上だったのに……)

「見せて下さい」

母も妹も、そして六之助もうつむいて涙をこらえている。

二人の赤子を抱いた産婆がオヨを見つめた。

「この子らの宿命なんだよ」

オヨは、呼吸をしない小さな双子を胸に抱き取った。まだあたたかい。

「さあ、お飲み」

両の乳房を二人にふくませた。

愛おしそうに顔をなで、頬ずりをし、小さな手足をさすった。

「起きなさい、起きるのよ」

語りかけながらオヨの眼にみるみる涙があふれた。

「ほら見るのよ、これ」

父が十日町から持ち帰った縞柄の端切れを、双子の見えぬ眼の前で振った。

(新しい栃尾の紬を見せたかったのに)

「なんで、どうして」

自分の身体の一部を失ったように感じた。

オヨの悲痛な号泣が長いこと聞こえた。

やがて子を抱く手の力がだらりと萎《な》えた。

(待ちに待った春の、待ちに待ったわが子をなぜに……)

庭の早桜が赤いつぼみをふくらませていた。虚脱した眼に映ったそれがオヨをいっそう悲しませた。

この日、同時刻。

双子の姉サヨは、なぜか心が痛み、しばらくの間泣いた。サヨも妊娠していた。

(どこかでつらい思いをしているのは、もう一人の私かしら)


(不注意からわが子を死なせた)

自責の念にかられ、オヨの落胆は尋常ではなかった。

気鬱《きうつ》になり何を言っても虚《うつ》ろな反応だった。何も手につかず、泣きぬれるばかりだったかと思うと苛立《いらだ》ってきつい言葉で六之助をなじったりした。

「オヨ、よおーく聞け」と六之助はなだめるように何度も話しかけた。

「考えようによっては、よかったのかもしれん。双子は畜生腹といって嫌われるのは知っていよう。ましては男と女の双子は、心中の生まれ変わりとまで忌み嫌われている。世間の眼は冷たい。生きて産まれてきても一人はどこかへやらねばならん」

よかったのかもしれないなんて、オヨは納得できなかった。子どもには何の罪もない。子どもの死を悲しまない親がどこにいるものか。

父の吉十郎と兄の由吉もやってきた。

打ち沈んでいるオヨの様子を見ると、かけてやるべき言葉が見つからなかった。

「六之助の言う通りじゃ。元気を出せ。好きな機織りに精を出せ」

吉十郎は遠い二十一年前のことを思い出していた。

オヨが生まれたのも春の夜。難産の末だった。しかも双子の誕生だった。

一人は密かに庄屋植村角左衛門の娘として育てられた。そのことをオヨは知らない。出自を明かさないというのが双家の固い約束だった。

(あの時は、死産ではなかった。何の運命か、その娘オヨを母親にさせてくれなかった。不《ふ》憫《びん》だのう)

兄の由吉が幼いころからのオヨの親友きくに慰めてくれるよう伝えた。

きくは飛んできた。

「オヨちゃん」

「きく」

顔を見るやオヨは手を伸ばして抱き着いた。

きくの胸で肩をふるわせて泣いた。

二人の子持ちとなっていた、きくにはオヨの深い悲しみと悔しさが分かりすぎるほど分かる。

「大変だったね」

その一言が冷えた心をあたためてくれた。

きくはオヨの背中をやさしくさすって、涙を流した。

オヨが精神的にも肉体的にも、立ち直るまでには長い時間を要した。

一カ月、二カ月。半年、十カ月……。

悲しみにもやがて終わりが来る。

六之助や母、妹たちの心配をよそに家事や軽い野良仕事をするようになり、居坐機の前にも座った。

織機に向かうとなぜか気持ちがシャンとした。姿勢がピンとした。お腹に力が入った。

栃尾の新しい縞紬へ、意欲が高まり、再び試行錯誤の日々が続いた。

季節は移ろい、また一年がたった。


将軍徳川家治の治世、元号が安永から天明（一七八一）に変わった。

諸国では、これまでにない出来事が続けざまに幾つも起きていた。

江戸では火事や地震が続き、讃岐は暴風雨に見舞われ、上州では絹運上（税の割当て）に反対して百姓が一揆、高崎城に押し入った。

洪水の多い年で越後でも信濃川が大洪水に襲われ、長岡城内にも浸水した。流失・倒壊家屋は八百四十軒にも昇った。

山間盆地の栃尾郷にとっても洪水は大きな脅威だった。梅雨明けの豪雨による洪水で西谷川や矢津川が度々氾濫した。地震による「山ぬけ」(地滑り)の被害も出ていた。

夏、黒雲が起こり雷鳴と風雨で真っ暗になり、氷が降った。雹《ひょう》をともなった竜巻が起きた。稲は八方打ち乱れ、大豆は中ほどから立ち切られた。蝉や蛙も多く死んだ。

翌天明二年(一七八二)も春から夏にかけて諸国で洪水が頻発。天候不順からの凶作も重なり、稲田は無残な姿を呈した。淡路では百姓が縄代筵の供出御免などを要求して強訴。和泉の一橋家領の百姓が木綿凶作のため年貢延期を要求して強訴に及んだ。

越後でも魚沼郡幕領の各地で一揆が起きていた。

天候不順による天明の大凶作、大飢饉、一揆の始まりだった。

その年の秋、オヨは二度目の出産を迎えていた。

(不運ばかりじゃないんだわ)

双子の死産の後だけに喜びもひとしおだったが、オヨはもちろん家族の気の遣いようは神経質なほどだった。

しばらく野良仕事、家事もさせなかった。前回早産の原因になった織機にも座らせなかった。オヨは例の縞柄の端切れを見つめ、頭のなかで織りながら考え続けていた。

田の草取りが一段落したある夜。

オヨは産部屋で陣痛に耐えていた。
歯をくいしばり、顔を歪《ゆが》め、全身で呻き声を繰り返した。
（陣痛には必ず終わりがある。もうすぐわが子に会える）
そう言い聞かせた。
おぎゃー、おぎゃー
勢いよく胎外に出てきた。
大きな産声が聞こえた。
「おお」
六之助、母、妹たちが顔を見合わせ、音を立てずに手をたたいた。
産婆も驚くほどの安産だった。
「産婆さん、息をしています？」
オヨの最初の言葉だった。声がふるえていた。
「ああ、聞こえただろ。元気な男の子だよ」
一年前死産に立ち会った産婆も満面に笑みを浮かべている。
子を抱かせてもらった。
大粒の涙がぽろぽろ流れ落ちた。
命は奇跡。命は尊い。

（生まれてくれたね、私の赤ちゃん）

オヨの喜びの表情を六之助は、うっとりするほど美しいと思った。

男の子は新之亟と名付けられた。

オヨの父の吉十郎や兄の由吉、オヨの親友きくも駆けつけ、喜んだ。先の双子の死産を知っている村人たちも次々にやってきて祝いの言葉を述べた。

天候不順が続き秋の米の収穫が大いに気になった。食べ物も不足がちだった。だが六之助と母や妹はオヨを最優先にした。おかげでオヨの乳はよく出た。

新之亟は生まれてからすぐ母親の乳首を探し当てるのが早かった。もみじのような小さな手で上手につかみ、ごくごくと飲んだ。

（赤ちゃんの生きる力なんだわ）

オヨはかけがえのない命に感動していた。

日に日に育っていくわが子の姿に喜びと愛おしさは募るばかりだった。

夏から秋へ、秋から冬へ。

寒さと栄養不足の中で流行病が蔓延《まんえん》していた。麻疹や疱瘡、コレラなど、一度流行すれば手のつけようがなかった。抵抗力のない子どもや老人が、真っ先に犠牲になった。

とくに麻疹は感染力が強く、一人が発症すると十二人から十四人に罹《かか》った。諸国では十数年周期で流行を繰り返した。五代将軍徳川綱吉も宝永五年（一七〇八）、麻疹で亡くなった。

後の文久二年（一八六二）には江戸だけでも七万人が麻疹で死亡したとも言われる。

生まれてまだ半年余の新之亟も流行病に襲われた。

「熱い！」

新之亟の額に手を当て、オヨは飛びのくほど驚いた。

「お前さん」

六之助も手を当てる。

「火のようだ」

咳も出ている。眼は充血している。

顔を真っ赤にし、時々首を左右に振って苦しそうだ。

六之助が医師玄庵を呼びに走った。

玄庵は眼、口、胸、腹を診た後、つぶやいた。

「麻疹だ」
二、三日は熱が続くだろうということだった。
後で薬を取りに来るように言って玄庵は帰った。

薬草に詳しいオヨの父吉十郎へも妹が使いに行った。

「ううーん」

吉十郎は、ここは玄庵先生にすべてお任せしたほうがよさそうだと顔を曇らせた。

「そんなに悪いの」

「……………」

「おとっつぁん」

オヨは吉十郎の袖を引いた。

二日後には白い小さな発疹が全身に広がった。

新之亟の高熱は四日続き、下痢、腹痛に苦しんだ。

「新之亟」

オヨは祈るような気持ちで、わが子の傍で昼夜もなく看病した。

夜は熱い新之亟を抱いて寝ると言って六之助を困らせた。麻疹は大人も感染する病だった。

(この子と一緒に死んでもいい)

とまで思いつめた。

新之亟の苦痛の表情を見ると、

「お願い、今すぐ玄庵先生を呼んで」

と叫んだ。

「早く」

半狂乱だった。

(双子を取り上げたうえ、なんでまた新之亟を)

オヨは神様を恨んだ。
濡れ手拭で額を冷やし、薬を飲ませ、重湯を与えた。
やがて、
（私の命に代えても、絶対死なせない）
その思いが届いたか、五日後、熱が下がり始めた。
玄庵が脈を取りながら傍らのオヨに声をかけた。
「肺の炎症や中耳の化膿などの余病が出なければ、大丈夫だ」
七日もすれば治るだろうということだった。
「先生、ありがとうございます」
オヨと六之助は深々と頭を下げた。
（新之亟、がんばったね。あなたには強い生命力がある）
わが子を見つめながら涙が止まらなかった。
紅葉をふるい落とした栃尾郷の里にいつの間にか雪が舞っていた。

第8章　飢饉

天明の世は、三年目（一七八三）へと移っていた。

数年前からの天候不順で諸国に冷害や干害が起きていた。凶作、飢饉は衰えをみせなかった。

越後も例外ではなく大洪水、氾濫に襲われた。守門岳の吉ケ平近くに大池があり、そこに棲《す》む白タニシを里へ持ち帰ると大雨が降り止まないという言い伝えも恐れられていた。

加えて凶作が続いていた。ある村では、食いつめて妻子を連れて出ていく者もおびただしく、軒を並べて空き家になるほどだった。

山間の栃尾郷でも不安は日に日に広がっていた。

「この先どうなるんだ」

「んだて」

ここは双子の一人サヨが養女となった栃堀村。そのサヨはすでに上北谷に嫁いでいた。

栃堀村の植村角左衛門の屋敷。

百姓たちが集まって額を寄せていた。

「記録によると今から百年前の宝暦元年（一七五一）には大地震が起きてのう、高札場の大きな掛札が吹っ飛んだというぞ。この宝暦年間には飢饉に見舞われ多くの餓死者が出たそうだ」

後にその霊を悼み、供養塔「渇疾骸骨充濯塔」が建てられたといわれる。

「この年には岩船郡の村上でも多くの飢饉困窮者が倒れて死んだという」

話を聞き、青ざめる者もいた。

「どうしたものか」

「うーん」

腕を組んで宙をにらむ者もいる。

「秋の豊作を願おう」

そう励ます角左衛門もまた深刻な思いに駆られていた。

庄屋は百姓から年貢を集め領主に上納する。一方で凶作の節は百姓のために領主に減免を注進したり、自ら困窮者を助けたりするのも庄屋の仕事。それが角左衛門の信念だった。

最悪の事態が起きた時、庄屋として成さねばならぬことは何か。何から手を打つべきか。

栃尾郷の村々を救う道は何か。

（まずは実情をつかむことだ）

跡取り息子の左兵衛を連れて村々を歩き回った。

春がきて野山に青葉が芽吹くころになった。

百姓はあちこちで苗代作りに追われていた。田んぼの土をよく耕し、水をいっぱいに張っている。

「精が出るのう」

「あっ、庄屋様」

「今年はどうかいのう」

「へい、種籾が何とか間に合ったんで……」

夫婦は腰を伸ばして庄屋を仰ぎ見る。

種籾を蒔く前に三度に分けて肥料をやる。

所によっては苗代で種籾が芽を出し苗が成長している。それを田んぼに移し替えて植える。やがて田植えの季節がやってくるのを待つ。

どこでも、今年こそは黄金の稲穂を見せてくれ、と苗代作りに懸命だ。

別の村を歩いた。

ある百姓家の周りの田んぼは荒れ放題だった。

「これは？」

庄屋親子は足を止めた。

「いい日和だがのう」

引き戸を叩く。

内から音は無い。

やっと出てきた男は髪ぼうぼうで髭面《ひげづら》、頬がこけていた。

「家の者は？」

「はあ、女房に小さい子が三人でして」

「野良仕事はいいのかい」

男はものを言う気力もないという風だった。

「どうしたい」

「…………」

話し出したのは四半刻後だった。

「去年の秋、凶作で米さ穫れなんだ。年貢さえも納められねえ。何とか猶予《ゆうよ》をとお代官様に頼みやした。んだども、聞いてもらえなかった。葛《くず》や蕨《わらび》の根、ところ、うつ木などを食ってしのいできた。うちには種籾さえねんです。庄屋様、何とかして下せえ。このままじゃ一家心中です」

憤りと悔しさに涙が滲む。

村を回れば回るほど昨年の凶作の傷跡が露わになった。

四月九日——。

それは不吉の前兆だった。

激しい爆発音が轟《とどろ》いた。

不気味な地鳴り、大地震のような振動。

人々は外へ飛び出た。

夜が明けたというのに暗い。

しばらくのち空から白いものが降ってきた。

「雪か?」

人々は驚いた。

いや、雪であるはずがない。

白いものは音もなく降り続いている。

「なんだ、こりゃ」

「灰、灰だ!」

「天から灰が降ってきた」

「えらいことになったぞ」

「世も終わりだ」

小手をかざし、人々は茫然と空を仰ぎ見た。

大粒の灰は毎日降り続いた。

正体は、浅間山の大噴火であった。

五月、六月、七月と続いた。空は日中でも夕暮れのように暗かった。江戸でも一寸（約三センチ）の灰が降り積もったという。

七月六日、七日も爆発は続き、八月は最大の噴火を起こした。火煙が空高く吹上げ、轟音《ごうおん》は京都、大坂、佐渡ヶ島、八丈島、三宅島まで響いたという。

火石は中山道の軽井沢や沓掛の宿場にも降った。火砕流は山林を焼き尽くして流れ、一瞬のうちに上州鎌原村などを飲み尽くして吾妻川に流れ込み、大洪水を引き起こした。人馬の死骸や倒木、家財道具が利根川を下り、江戸の隅田川まで流れたともいわれる。流域の死者は二万人余に達した。

浅間焼けは、さらに大量の火山灰を関東一円に降らせ、日照不足と低温化、天候不順に拍車をかけた。農作物の被害はどこでも甚大で、全滅に近かった。

越後各地は、五月から八月まで長雨、冷夏だった。夏なのに霜が降る日もあり、綿入れを着るようになった。

早くから米の収穫が危ぶまれていた。

「恐ろしいことだ」

村人たちは暗い表情で嘆いた。

長雨のなかの田植え、寒い日が続くなかでの田の草取り、やがて収穫の時期を迎えた。だが、穂はやせ細って稔はなく、例年の一割、所によっては皆無の収穫だった。

炎を吹き出したかのように彼岸花だけが真っ赤に咲いていた。

惨憺《さんたん》たる状況に村人たちは怯えた。

粟や稗さえ乏しく、食う物は底をついた。菜大根も食いつくし、葛やうど、蕨の根を掘り、木の葉まで食した。餓死者が後を絶たなかった。

片貝村（現小千谷市）の酒造家、佐藤佐平治が飢民救援に当たっている話が伝わってきた。豊かな時に蓄えてきた雑穀を惜しげもなく出して飢えた人々を救っていた。粥《かゆ》や昆布雑炊を大釜で煮て、毎日三度ずつ与えているという。その数は数千人に及んだともいわれる。

植村角左衛門も自分の賄いでなんとか苦境にある村人を助けようとしたが、一庄屋の慈悲だけでは致し方がなかった。跡継ぎの左兵衛も歯を食いしばって懸命に父を助けた。

植村父子は、経験したことのない未曾有の飢饉に手も足も出ない無力感に襲われていた。

そんな時、長岡藩主牧野候の命に従い、飢民救済のため城下の中嶋へ発った。

中嶋は堤防が低く三年に一度、信濃川の大洪水に見舞われ、その上飢饉にあえいでいた。

村は貧窮民にあふれていた。お救い小屋の前には遠くからもやってきた老若男女の長蛇の列ができ、施粥などの炊き出しを待っていた。

誰もが腹をすかせ、よろよろとやっと立っていた。小さな子どもを抱いた母親が「どなたかお乳を」と泣き叫んでいた。なかには半死半生の人や、お救い小屋までたどり着けず行き倒れた人もいた。

（中嶋も栃尾郷も稲作だけでは立ちいかなくなる。米の不作は必ず来る。しかも洪水が多い。そのたびに決まったように悲劇が起こる。手を打たないと村は疲弊するばかりだ）

救助難民の様子をつぶさに見てきた角左衛門は考えあぐねていた。

栃尾郷の町でも天明三年のこの年、町役人が蔵所で二百俵を買いうけ施粥札を発行して窮民を救った。だが、〝焼け石に水〟だった。ぼろに近い身なり、むさ苦しい頭や顔、生気のない百姓たちが食い物を求めて歩き回っていた。

「稲作以外の道はないものか」

息子の左兵衛と幾日も額を寄せ合った。

やがて見えてきたものがあった。

「そうだ、絹織物、栃尾紬がある」

角左衛門がぽんと一つ手で膝を打った。

「………」

左兵衛はぽかんとしている。

「新しく改良して大量に生産し、売り出せばいいんだ。なんでもっと早く気がつかなかったんだ」

「なるほど」

うなずく左兵衛。

だが、父子には、まだ何をどうすればよいのか想像もつかなかった。


凶作、飢饉、流行り病。不幸にも諸国で子どもたちは次々に命を奪われていた。荷頃村でも子どもたちが一人、二人と黄泉の国へと旅立って行った。

オヨは息子新之亟の命を守るために必死だった。

米はおろか粟や稗さえ獲れず、葛や蕨の根、木の皮を食べさせて日々をしのいでいた。

もともと成長の遅い新之亟は、栄養失調に陥り、あばら骨が浮き、お腹がぽっこり膨らんで、眼も虚ろだった。

(自分より大事な命。なんとしても)

オヨは懸命だった。

ねんねん　こんこん　こんこんや
この子が寝たら何くろば……

「新之亟、お食べ」

誰よりも息子の食い物を最優先した。自分よりも、そして夫の六之助や母、妹たちよりも誰よりも。

オヨもまた気力だけで立ち振る舞っているようにも見えた。

「大丈夫か」

声をかける六之助もいつもの元気はなかった。

母なかもよろよろと気だるそうだ。

一家は飢饉で嫁に行き遅れた妹つや、すえの若さに助けられていた。

妹たちと野山へ入り、食べられる植物の葉や根を探し求めた。どこの家でも考えることは同じで、たどり着いた山には何も残っていないこともあった。

「おらたちが見つけた場所だ」

「相見互いじゃないか」

「死ぬか生きるかだ。そんなこと言っていられるか」

奪い合い争う醜い姿も見られた。

（貧窮は人の心まで変えてしまった）

オヨは悲しんだ。

縞柄の端切れだけはオヨのふところの中に息づいていた。

だが、機を織っているような時世ではなかった。

父吉十郎は、食う物もままならない暮らしのなかで身体を壊し、寝たり起きたりの日々を送っていた。

オヨの実家では――。

そんな吉十郎を訪ねて来た男がいた。

吉十郎のかつての山伏修業仲間の後輩、沖田勇之進だった。

埃だらけの兜布をかぶり、金剛杖にすがり、破れた八つ目草鞋を履いて倒れこむように入ってきた。

「水、水を一杯」

息子の由吉が肩を抱いて白湯《さゆ》を飲ませた。

「おお、沖田じゃないか」

何十年ぶりかの再会に吉十郎は涙を浮かべた。

粗末な稗と豆だけの粥を与えた。食い終わるとこんこんと眠った。

眼をさました沖田は、諸国で見聞きしたことを話し出した。

それは想像を絶する飢饉の有様だった。

「東北がひどかった。馬や犬、草の根や木の根、食えるものはすべて食い尽くした。食い物を求めてさまよい歩く群れがあちこちで見られた。日に日に餓死者がふえていった。遠くから臭った。野良犬が人の肉を食いちぎり、カラスが騒いだ。いよいよ食う物がなくなると……」

一瞬、言葉の接ぎ穂を失った。

吉十郎は息をつめて次の言葉を待った。

「死んだ人の肉を食ったという。この世の地獄よ。一村ことごとく死に絶えたところもあった。草むらに人間の白骨が散らばり、山のように積まれていたという。しゃれこうべの穴という穴から、すすきや女郎花が生え出て風にそよいでいた。まるでしゃれこうべが動いているように見えたという話もきいた」

沖田は続けた。

「幼児が死んだ母親の乳を口にふくんで泣いていた。食う物もなくなって育てることもならずあちこちで幼児が捨てられた。生まれた子どもは『を仕返し』といってすぐに命を絶たれた」

話すことさえ苦しそうだった。

「ある村では疫病が蔓延し、七割方は死んだ。村の出入りが差し止めになった。村の周りには竹矢来が張られ、逃げようとする者は役人に斬り捨てられた。生きている人間もいるのに村に火が放たれた。生き地獄じゃよ」

暗澹たる沖田の表情は悲しみと苦渋に満ちていた。

「これでいい訳はない。なんとかせねばのう」

話し終わるとまた横になり眠り続けた。

腕を組んでじっと聞き入っていた吉十郎・由吉父子はつぶやいた。

「なんとかせねば」

飢饉の悲惨は栃尾郷だけではなく越後全体に及んでいた。

恐れた通り田は不実の白穂で埋め尽くされ、頚城郡などの山間部で平年の二分から三分作。人々は茫然と立ち尽くした。

松之山郷では葛、独活《うど》、蕨の根を掘り、木の葉まで食べた。豪雪の冬は、それもままならず、藁《わら》を臼で引いて粉にして穀類を混ぜて作った藁餅を食べた。藁餅もなくなると家を後にした。

頚城、魚沼などの山間地では天明三、四年だけでも餓死者が人口の二割に達した。逃散、空き家が増え、多くの娘が身売りされた。

由吉たち荷頃の若者組にも不安はうずまいていた。

若者組の果たすべき任務に防災があった。天候不順、凶作のなかで村人をいかにして救うか。村役人の指示で若者頭の政吉を中心に懸命に働いた。

どこの家も食う物がなく喘いでいた。余裕のある者から少しずつ食料を集め、施粥を行った。米はおろか稗、粟もなく葛の根やところなどにふすま、糠《ぬか》などを混ぜたものだった。やがてそれさえも滞り、由吉たちは困り果てた。ある地域では流行り病で寝込む者が相次ぎ、薬も買えず次々に死んでいった。

「ここまで追いつめられているのに、米を作らないお侍や分限者は飯が食えて、米をつくる俺たち百姓がなぜ飢え死にせにゃならんのだ」

「もう若者組だけではどうにもならん」

「お上が迅速に手を打たねば村も人も絶えてしまう」

「まずは大庄屋へ談判か」

数日後、若者組頭の政吉、由吉を始め七人が大庄屋の高橋庄之助屋敷を訪ねた。

立派な表門、広い敷地内に大小十二の座敷部屋がある母屋、長屋、幾つもの蔵。十数人の使用人が敷地内のあちこちで立ち働いていた。

高橋庄之助は栃尾郷十カ村の庄屋を束ねる大庄屋で、大きな力をもっていた。

もう一人の庄屋植村角左衛門とは何かと反りが合わなかった。悪評の高い息子岩次郎と角左衛門の娘サヨ（双子の姉）の結婚を断られ、ますます片意地を張っていた。

「打ちそろって大ごとだな」

庄屋は庭先で眉をひそめた。

脂ぎった血色のいい赤ら顔、大きな鼻と口、せせり出た腹。飢饉などどこ吹く風という様子に見える。

「村々で施粥を行っていただけませんか」

政吉が言う。

「施したではないか」

「一回だけではどうにもなりません」

由吉も頭を下げる。

腰から膝までの木綿、筒袖の二人の野良着には幾重にも継ぎが当てられている。

「年貢の徴収が先だ。例年の二、三割の収穫で苦しいのは分かる。だがのう、なんとしても取り立てて領主様に納めにゃならんのだ」

「待ってもらえませんか」

「待てん」

「食う物もないのに……」

「百姓とはそういうものだ」

「死ねということですか」

由吉は両手を拳にして膝へ突き立てた。

誰もが庄屋を睨み据え、怒りを露わにした。

「なんだ、お前たち。それは強訴になるぞ。強訴はご法度、重罪だぞ」

「強訴だなんて、そんなつもりは……」

「おーい、若い衆のお帰りだ」

庄屋が大声を張り上げた。

待っていたかのように屈強な十数人の使用人が現れ、力づくで若者たちを追い出した。

若者組の七人は道々、次の行動を考えねばならなかった。

数日後。

政吉と由吉は今度は二人だけで、もう一人の栃堀村の庄屋植村角左衛門を訪ねた。

大庄屋に村の窮状と救いの手立てを訴えた経過を話した。

角左衛門は腕を組み、うなずきながら宙を見据えていた。

「わしも村々を歩き飢饉の有様を見ている。お前たちの気持ちは痛いほど分かる。こういうときほど若い衆が頑張らないとのう」

「はい」

政吉が頭を下げる。

「わしも村を救う手立てを考えてはいる。だが、時間がかかる」

「手立てとは？」

由吉が膝を乗り出す。

「まだ仔細に話す段階ではないでの、許せや」

由吉と政吉は角左衛門を訪ねた目的を切り出した。

「近く大庄屋のところで郷内庄屋の寄り合いがあると聞きました」

「ふむ」

「年貢の減免や取り立ての延期を申し述べていただけませんか」

「うーむ」

角左衛門の頭の中に何か思うことがあるように見えた。

「簡単に同意してくれるとは思えんが、村人の命にかかわることだ。やってみよう」

若者組の熱意に動かされ、角左衛門は十カ村庄屋の寄り合いに臨んだ。

畳の大広間に庄屋たちが座していた。上座にふんぞりかえった庄之助がいた。

寄り合いの大半は今年の米の取れ高、年貢の徴収状況に費やされた。

「例年の二割、三割ですだ」

「どこも餓死寸前です」

「食えなくなって村を出ていく家もあります」

「隣の一家は首を吊りましただ」

困窮の悲惨な報告が続出した。

大庄屋は憮然とした表情で聞いている。

「このままじゃ村が立ち行かなくなります」

誰もが重く沈痛な面もちだ。

「思い切った助けが必要かと……」

普段はおとなしい庄屋たちも黙っているわけにはいかなかった。

「もういい」

大庄屋が怒鳴り、立ち上がった。

「庄屋の第一の仕事を知っておろう。年貢の取り立てじゃ」

一人が周囲を見回し恐る恐る言う。

「ですが、この凶作のなかでは無理ですだ」

「わしもそう思います」

そうだ、そうだの声が聞こえる。

「待て、国あっての民百姓であろう。百姓どもに温情は禁物だ。お上に立てつくことになるぞ」

座は一瞬シーンと静まり返った。

「大庄屋殿」

後方から手を挙げた者がいた。

植村角左衛門だった。

「お前か。何じゃ」

ぎろりとにらんだ。

見たくもない顔だと言わんばかりだ。

「みな栃尾郷の行く末に心を痛めております。土地は痩せて稲作は大変だが、ここで生まれ育ち、生きてきた。その村を出ていく百姓たちの心情はいかばかりかと。このままだと栃尾郷の村々は消えてしまいます」

庄屋たちはうなずいている。

「どうせいというのじゃ、えっ」

「ここはひとつ年貢を半分に減免、取り立ても延期、施粥の回数も増やす。ということでいかがですか」

「なんじゃと」

「できないことはありません。地主や造り酒屋が米を買い占め、売り惜しみ、米の値段を跳ね上げております。ただちに止めるよう領主様に掛け合っていただけませんか」

「なにーい。そんなことができると思っているのか。お前は百姓の味方が過ぎるぞ」

「私も百姓の一人です。百姓は国の大本。百姓あっての徳川様です。先の願いは決して法外のものではありません。その上で栃尾郷を飢饉から救う道は他にも必ず見つかります」

角左衛門の話には説得力があった。

「そうだ」

「わしもそう思う」

「よく言って下された」

拍手も起きた。

座にはしばらく沈黙が流れた。

やがて大庄屋が忌々《いまいま》しそうに言い放った。

「ええいっ、もういい。今日はこれにて散会」


荷頃村の若者組の由吉は飢饉から村人を救うために奔走していた。山伏だった父の吉十郎の身体も思わしくなった。寝込むことが多くなっていた。

ある夜、表の板戸を静かに、幾度も叩く音がした。

戸を開けると蓑笠、草鞋姿の男が姿を現した。家の左右に走らせる眼が鋭い。三十代半ばに見える。

「どちら様で……」

今にも倒れそうだ。

蓑笠の下は麻の単衣で荒縄を腰に巻いている。

由吉が肩を支える。

「土間でもどこでもかまいません。一晩泊めて下さらんか」

自在鉤《じざいかぎ》にかけた鍋からあり合わせの稗雑炊をすくってやる。

よほど空腹だったと見え、あっという間に平らげた。残した沢庵で椀の飯粒を洗い白湯をすすった。

ひと眠りすると問わず語りに話し出した。

男の名は清八。生まれは新発田。越後各地の百姓一揆の応援者、後ろ立てだった。「扇動者」としてお上、代官所から追われる身でもあった。

「天候不順、凶作で類のない飢饉が続きましたから。東北がとくにひどかった。三年一作といわれ三年に一度しか米が獲れなかった。津軽藩で十三万人、仙台藩では四十万人の餓死者が出たという。仙台藩では他藩への逃亡者二万人、全村荒蕪地《こうぶち》になった所も多かった」

越後の山間地では天明三、四年だけでも餓死者が人口の二割に達した。

由吉はいまさらながら飢饉の大惨状に驚く。

「百姓たちは起ち上がらざるを得なかった」

なぜ起ち上ったたか。

「生きるか死ぬか。百姓は飢饉のどん底にある。だがお上は容赦なく年貢を取り立てる。百姓の血と汗を搾り取っているのだ。あまりにも酷い。地主や造り酒屋も米を買い占め、売り惜しみ、米の値段は七、八倍にも跳ね上がった」

「私も見てきました」

と由吉。餓死、一家心中、田畑を捨て逃亡する逃散、欠落《かけおち》……。

天明三年に浅間山が大噴火したときの将軍は徳川家治だったが、幕府の実権は老中の賄賂《わいろ》政治家の田沼意次が握っていた。やがて権勢は陰りをみせるのだが……。

「お上（幕藩）は何をしたか。手をこまねくだけでほとんど何も手を打たなかった。『民のための仁政』とはほど遠い」

そして、叫ぶように言った。

「飢饉は、天災ではなく人災、政災だ。民百姓の苦しみの原因は国の仕組みにある。今、声を上げねばならない。そう思いませんか、由吉さん」

清八は昂《たかぶ》った感情を鎮《しず》めるように握りしめた拳の指を開いた。

（そうか、天災ではなく人災なんだ）

深い共感と尊敬の気持ちが由吉の胸を打った。

二日目。清八は越後の一揆、その歴史を語った。

宝永六年（一七〇九）村上藩で大きな騒動。三条、燕、地蔵堂、味方など広域に渡って越訴《おっそ》、駕籠訴《かごそ》が起き、幕領編入をめぐって八十五カ村、約四千人の百姓が加わった。

「俺の生まれた新発田で正徳二年（一七一二）に多くの百姓が参加した一揆があった。大庄屋の私利私欲の取り立てに怒って与茂七が頭取となって郡奉行所へ直訴した。与茂七は斬首獄門になった。世にいう与茂七騒動だ」

寛延三年（一七五〇）、佐渡ケ島では減免を願って惣代五人が江戸奉行に出訴。死罪、遠島。

近くは天明三年（一七八三）、頚城郡柿崎村で年貢の減免、米価引き下げ、飢饉救済などを要求して一揆。頭取など打ち首、遠島となった。

「強訴、一揆は御法度、大罪。だが先達はみな、生きるために命をかけた」

清八は、由吉を見つめた。

由吉は深くうなずいた。

法螺貝の鳴り響く音。

数十のむしろ旗が風にひるがえる。

サクサク

ドドツ

大地を踏み鳴らす群衆の足音。

蓑笠を身にまとい、手に手に竹棒や鎌、鋤、斧を持っている。

「皆の衆！」

「おおっ」

鬨《とき》の声が空を揺るがした。

「とうとうこの日がきた」

どよめきが引くのを待って、

「わしらは耐えて耐えて耐え忍んできた。連年の凶作、打ち続く飢饉。年貢の減免と、取り立て延期、米の買い占めを止めさせてほしい。ささやかな願いだ」

一揆の頭取の檄に、

「そうだ！」

「このままじゃ先祖代々のこの土地を捨てて村を出て行かねばならない。皆の衆、今こそ起ち上るときだ！」

「おおっ！」

群衆は堰《せき》を切ったように動きだした。


由吉には眼に見えるようだった。

三日後。

「迷惑をかけました。何かあったら、いつでも呼んで下さい」

行かねばならぬ所があるので、と清八は由吉の渡した握り飯をふところにいずこともなく立ち去った。

一揆は続いた。

天明七年（一七八七）。刈羽、三島、蒲原地域九カ村の庄屋が江戸で寺社奉行当てに困窮を訴え、庄屋十四人が死罪。寛政元年（一七八九）。三島郡の九カ村は幕領から長岡領へ支配替えで重税となり村民が神水を飲んで強訴した。

後の天保元年（一八三〇）、栃尾郷で家中の炭買い上げ値段の引き上げ、炭留中止などを求めて一揆。百姓千三百人が城に近い永田村まで押し出した。栃尾郷は長岡藩の中でも最も重要な炭の生産地だったが安く買いたたかれていた。藩は一揆勢の要求を受け入れ、代官を追放した。

また、嘉永三年（一八五〇）栃尾郷の荷頃村で新田開発をめぐる対立から一揆。四年後にも一揆が起き、頭取の孫七と助之丞が永牢となった。

第９章　創始

双子の姉、庄屋植村角左衛門の養女となったサヨはどうしているだろうか。

寛政二年（一七九〇）、サヨの姿は上北谷村の庄屋、羽田宇衛門の屋敷にあった。宇衛門に嫁いで二人の息子にも恵まれ、息災に暮らしていた。二十七歳になっていた。

サヨは二人の息子を育て、庄屋の妻としての仕事をこなした。立ち居姿がさっぱりと清々《すがすが》しかった。

宇衛門の理解で寺子屋風の手習い所も開き、子どもたちに読み書き算盤、和裁、織物などを教えてきた。

だが、子どもたちは凶作、飢饉で手習いどころではなくなった。

ある朝、屋敷の門前に赤子が捨てられていた。ぼろぼろの袷《あわせ》にくるまれ竹籠に入れられていた。か細い声で泣いていた。

傍に腹かけや手拭があり、文が置いてあった。

「お慈悲です。この子をお願いします」

乱れた女文字だった。文字裏から母親のむせび泣きが聞こえるようだった。

サヨは籠から子を抱きかかえて屋敷に入った。

あたたかい小さな重みがあった。

「ほっておけません。育てさせて下さい」

サヨは頭を下げて宇衛門に訴えた。

「ふーむ」

しばらく口をつぐんだままだった。

「情を移すな」

「…………」

「わしらの子が二人もいるんだぞ」

「分かっています。掛かり費用はなんとか致します」

庄屋とはいえこの節、裕福であるわけではない。

だが、サヨはさっさと丈夫な体の使用人を乳母にし、二刻おきに乳を含ませた。それを見せられては宇衛門も何も言えなかった。

もともとサヨの子ども好きは評判だった。手習い所の様子もそうだったが、捨て子の話はたちまち村々に伝わった。すると密かに庄屋屋敷を訪ねる者が増えた。あわれな子どもたちを見るに見かね助けてほしいと懇願にくる村人たちだった。

両親が死んで孤児となった女の子、他家に預けられて逃げ出した男の子、橋の下で寝起きしていた男の子、火事でただ一人生き残った女の子。みな継ぎはぎだらけの着物、髪は伸び放題でやせてお腹ばかり蛙のようにふくらんでいた。どの子もやさしい言葉、愛情に飢えていた。

「養い親が見つかるまで、おらたちが引き取らにゃなんねえだが、そうもいかなくて」

村の人たちは何度も何度も畳に額をつけた。

宇衛門は役人に捨子届を出し、次いで養子願い届を出して受理された。

「もう独りぼっちじゃないからね」

あれから数カ月。サヨは二人の息子も含め六人の子の母親となった。嫁ぐときに一緒に連れてきたサヨの子守りだった、きみは明るくて、くるくるとよく働いた。サヨとともに子どもたちの世話に明け暮れていた。きみは、もう一人の母親だった。「捨て子」「貰い子」とはやし立てる悪童たちを追い立てるのも、きみの役割だった。

サヨもきみも子どもたちを飢えさせないために毎日が火の車、身体もくたくただった。

サヨの実家の母あさも度々、羽田家を訪れては子どもたちと遊んだ。あさは、いまだに機織りにも精を出しているようだった。

父角左衛門や弟の左兵衛もたまに顔を出した。左兵衛は父の背をはるかに超え、がっしりとした体躯に理知的な眼をしていた。

（お百姓がいるから国が成り立つのだ。農こそ国の大本。お百姓は大事に守らなければならん）

小さいころから父の教えを胸に刻んできた。それだけに凶作による百姓の痛ましい姿を見るのは辛かった。父とともに出来得ることはなんでもやろうと考えていた。

こんな時節ではあったが、庄屋の跡継ぎ左兵衛の結婚もそう遠くはないということだった。

ピーヒャラ、ピヨロロロー
ピヨロロー、ピーヒャラ
篠笛の音が鳴る。
テテン、テン、テン
テケテケテン、テン、テン
太鼓が響く。

「月潟村の角兵衛獅子《かくべえじし》の始まり、始まりー」

口上が羽田屋敷の中庭に響いた。

小さな赤い獅子頭、筒袖に長い襷、縞の立付け袴。七、八歳から十二、十三歳ぐらいまでの六人が並んで一礼した。

「先ずは、獅子、勇みの技」

獅子たちは無心に舞い、跳ねる。

その身軽さ、速さ、しなやかさ。

眼の前の芸に見惚《みほ》れるのはサヨ、宇衛門、息子たちの庄屋一家と使用人、サヨが面倒をみている孤児たち。それにこの日来ていたサヨの父植村角左衛門、母あさ、弟の左兵衛だった。

角兵衛獅子は七つの技を披露して打ち止めとなった。

「うわー」

パチパチパチ
何より子どもたちが喜んだ。一生懸命に手を叩いた。久しぶりに見る笑顔、歓声だった。

「ほう」

「すごい」

「話には聞いていたが、これほどとは」

大人たちにもどよめきが起こり、拍手喝采《かっさい》が起きた。

角兵衛獅子の披露は、飢饉の中にいる子どもたちに元気を、というサヨの計らいで叶ったものだった。

サヨも娘時代に習い覚えた長唄「越後獅子」を三味線で弾きながら唄った。

「おっ、いいねえ」

「久しぶりに聴いた」

一行は角兵衛獅子発祥の地、西蒲原郡月潟村からやってきた。一行の親方は万吉といった。万吉の話によると角兵衛獅子誕生まではこんな経緯があった。

月潟村は、信濃川支流の中之口川のほとりにあり、毎年のように洪水氾濫に見舞われていた。暴れ川に飲み込まれて家は流され、田畑は浸り、人馬も死んだ。

「疲弊《ひへい》する村を救う道はないのか」。寺子屋の師匠角兵衛が考えに考え、苦労に苦労を工夫に工夫を重ね、つくりあげた芸が子どもだけの獅子舞だった。享保元年（一七一六）ごろだったという。

角兵衛獅子たちは孤児が多いとわれる。厳しい訓練を受け、技と心をみがき、組を作って諸国を巡業し、稼いだ現金を村に持ち帰った。江戸、京、大坂をはじめ全国にその名を知らしめた。角兵衛獅子が隆盛期を迎えるのは寛政年間（一七八九〜一八〇一）だったともいわれる。

「詳しくは分かりませんが、天明元年ごろには月潟村に三十人の親方がおったそうです。各組七、八人の子どもを養ってたいたようです。どこも飢饉で大変ですが、村を救うためにと今も頑張っておりますだ」

二十歳だという万吉の表情は気概と自信に満ちていた。

「そうでしたか」

いちばん感動の面もちで聞いていたのは庄屋の植村角左衛門だった。

「いい話をありがとう」

そ言って万吉の手を握った。

(村を救うためにどんな困難があってもやらねばならぬ)

あらためて決意したのだった。

植村角左衛門は、藩主の命令で城下の中嶋へ窮民救済に行った際、稲作以外にも収入の途を拓かない限りもはや村は救えないと確信した。では、何をどうすればよいのか考え続けてきた。郷里にある織物をもっと改良して大量に生産し、売り出せば稲作のみに左右されずにすむだろう。それが結論だった。

かなり前から息子の左兵衛とあれこれ材料を集めて調べ、模倣をし、栃尾独自のものを目指した。だが織物は素人、妻あさの協力がなければ出来なかった。

初めは米沢織物など他国の織物を参考にした。織物にと止まらず、やがて養蚕の改良にも手を伸ばしていった。なかでも藁座を使用せずに棚に葦簀を張って桑の葉を枝につけたまま与える条桑育法を考案したりもした。

この年の十二月、これまでの栃尾紬を超える新しい織物ができたと確信した。角左衛門の意を得た妻あさの献身と努力の成果でもあった。

(夫のため、村の疲弊を救うため)

来る日も来る日も織機に向かい、思案しながらたどりついたのだった。ふくよかだった頬がこけた。

一方、同じく新しい栃尾紬の開発に情熱を注いでいたオヨは――。

「お前なら新しいものがつくれる」

絶えず語りかけてくれた母ふきの遺言のような言葉が蘇る。燃え立つ気持ちは衰えることなく持続していた。

オヨも二十七歳になっていた。

息子の新之亟もその後、病にもかからず元気に過ごしていた。夫の六之助をはじめ、義母、妹たちとも仲良く暮らしていた。

新しい紬――。

栃尾の織物はそれまで、白紬を無地染めか型染めにしたもので素朴だが何か物足りない、華やかさがなかった。

父がオヨのために十日町から持ち帰ってきてくれた上布の縞織物の端切れは、鮮やかな黄水仙の生地に薄鳶色の縦縞模様。上品で気高い趣があった。

オヨは毎日のように長いこと眺め、このように織れぬものかと考え、試みてきた。端切れは色も褪《あ》せ、ぼろぼろになっていた。

染料は草根樹皮、土泥を使った従来のものに工夫を加えてどうにかよくなった。染めは紺が基調だったが、紺にも濃紺、花紺、藍とさまざまある。赤といっても、さまざまな色がある。薄紅、赤紅、珊瑚《さんご》朱色、紅緋、……。黄色にも朽葉色、山吹色、梔子《くちなし》……。豊かな自然の清い色をどう創り出すか。しかも手染めで同じ色を出すのは難しかった。

当面、眼の前の問題は、どうしたら縞柄の割り出しをつくることができるかであった。

トントン

トントン

来る日も来る日も、夜なべして取り組んだ。眼が血走り、話しかけても返事はなかった。

何度織っても目が不揃《ふぞろ》いで歪《いびつ》でむらのある縞柄の織り上がりになった。オヨは糸をほぐしほぐし、また初めから織り直した。

経糸と緯糸の複雑な組み合わせにより、様々な縞模様が描き出されるはずなのだが。

(織りの神様はそっぽを向いてこちらを向いてくれない。技が、まだまだ未熟なんだわ)

オヨは手を止め、そう思った。

オヨは苦境に立たされていた。

夢を見た。

染料の草木を見たくなって久しぶりに山へ入った。

芽吹く草々の色合いをながめながら採り集めて歩き、時を忘れた。

日が西に傾きかけていた。

(さあ、帰ろう)

歩き始めた。だが帰り道が分からなくなった。いくら歩き回っても思い出せない。山を越え、林を通り、川のほとりに出て、また元きた道へ逆戻り……。

家には六之助と新之亟が心配して待っているだろう。

やがて日が落ち、すっかり暗くなった。

(どうしよう)

焦り、冷や汗をかき、呆然とするだけだった。

気を取り直して淡い月の光を頼りに夜道を歩き続けた。どれくらい歩いたのだろう。

(ああ、やっと着いた)

だが、あるはずのわが家がそこにはなかった。忽然《こつぜん》と消えていた。

身体が硬直し、息苦しくて倒れこんだ。

どうか夢であってほしい。そう願う自分の声を聞いた。

(夢でよかった)

眼を覚ましたオヨは胸をなでおろした。

（新しい縞紬がなかなか出来ない。だから自分で自分を縛るような夢を見たのだわ）

手本とすべき父の十日町からのおみやげの縞柄紬。あまりにも巧みで妬《ねた》み、しまいには反発さえ覚えるようになりかけた。

（ああ、いけない。なんということを）

そうか、十日町。オヨは思いついた。

（十日町へ行って縞柄紬を織るところをこの眼で見てみたい）

十日町は越後上布だけでなく、繊細で緻密な柄の越後縮や十日町絣でも知られる織物の町だった。縞柄を織る仕事を一目見れば自分にもできるという自信はあった。

「十日町へ行かせて下さい。一刻、いや半刻ほど見てくるだけでいいのです」

六之助に頭を下げた。

「うーん」

腕を組んで宙を見つめた。

長いこと思案した後、

「ならん」

首を縦にふらなかった。

新しい紬に取り組むオヨを支えてきたが、今度ばかりはそうはいかなかった。

栃尾郷から十日町は遠い。しかもやがて冬が来る。十日町は豪雪地帯である。地吹雪が一晩でも二晩でも荒れ狂う。それは白い恐怖、白い牢獄。

こんな話もある。

膝まである雪の中を赤ん坊を抱いて道行く夫婦がいた。突然の激しい横なぐりの吹雪にあって視界をさえぎられ立ち往生し、必死で助けを叫ぶがその声はかき消されて届かない。翌日、雪の中から赤ん坊の泣き声がした。村人が掘ってみると夫婦は赤ん坊を抱いて死んでいた。

大雪になると道という道は雪に埋まって方角も分からなくなってしまう。

オヨにはまた農閑期にすべき百姓仕事もあり、息子新之亟の世話もある。家を空けるわけにはいかないのだった。

オヨはがくりと肩を落とした。

だが、持ち前の負けん気がふつふつと湧いてきた。

昔から栃尾気質といわれるものがあった。

気概に富み、闘争心が強いという。戦国のころ上杉謙信が青年時代をおくったのはこの栃尾であった。謙信率いる越後兵は日本最強といわれたが、なかでも栃尾衆がまた最強と言われた。

オヨには、その血が流れていると六之助も村人たちも言う。

困難にくじけない強い意志と高い志をもっていた。他人からも学ぼうという進取の気性を持ち合わせていた。

蒔いた種は必ず芽を出す。自分に不可能というならその数だけの可能性がある。先は暗いと思うとき夜明けはそこまできている。オヨはそう信じていた。

そうだ、試行錯誤をするなら二人の方がいい。知恵もわき、励まし合えると思った。迷うことなく、その顔が浮かんだ。

オヨは幼いころからの親友、きくを呼んだ。

きくも百姓に嫁ぎ、田畑の他に機織り仕事は欠かせなかった。

きくは下の五歳になる息子を連れて朝早くやってきた。頭に手拭であねさんかぶりをしていた。

「ごめんね、忙しいのに」

「新しい紬、大変ね」

居坐機に腰を下ろし、これまでの経過を話すオヨの表情を追いながら、きくは、うんうんとうなずく。

「いくら織っても不揃いで歪で、どうしても綺麗《きれい》に縞柄が出ないのよ」

トントン
トン
たしかに悩むよう重い音だった。

オヨは腰に繋いだ紐を引っ張り、緩めたり強めたりして巧みに織っていく。その技は、非凡で村々の評判だった。だが、残念ながら縞柄はまだ描けなかった。技だけではない創造の知恵と力が臨まれた。

「うーん」

と横からきく。

織物は経糸と緯糸が一瞬交差し、重なりあって出来る。経糸はいったん建てたら動かすことはできない。だが緯糸は自由自在に差し入れることができる。豊かな染めと経糸緯糸の調和と強弱が新しいものを生み出すといわれる。

「経糸が少し緩い？」

「そうかもしれない」

二人は話し合い、確かめながら紬を見つめる。

今度はきくが替わって織機を操る。

オヨが織りの一瞬一瞬に眼をこらす。

「そうか、緯糸の具合がやはり……」

きくが手許を見る。

「きく、少し早くしてみて」

額に手を当てて見つめる。

「次は……」

こんな様子が夕方までも続いた。

オヨ一家、きくと息子が夕餉を共にした。馳走はなかったが楽しいひとときだった。

一緒に遊んでいた新之亟ときくの息子はすっかり仲良くなり、遅くまではしゃいでいた。

オヨときくは息子たちを挟んで布団を並べた。脳裏に子どものころの光景が浮かんだ。

（村の悪餓鬼たちにオヨがいじめられたことがあった。その時きくが餓鬼大将に体当たりして叫んだ声が今も耳に残っている。

「この子に怪我をさせたら、死んでも許さない」

あれは八つのころの夏だったか）

きくは、その後も家の仕事をやりくりして度々オヨのもとを訪れた。

「あれっ、いままでと違うものが見える」

「きく、そう思う？」

「うん、たしかに」

十日町の縞紬を手本にしつつ自分の模様を織っていけばいいのだと思えるようになってきていた。

新しい紬への予感はしていた。

「まだまだだよ」

そのオヨに、きくはいつもこう言って帰った。

「大丈夫よ。そのうちきっと出来上がる」

きくが来られない日も続いた。

ひとり織機に向かった。

手間をかけ試作を繰り返すが失敗の連続だった。手がかりがつかめない。苦しみ、焦り、悶々とした。

毎日のように考え、手を動かすのだが、数日前に見えかけていた幻の縞紬は消えていた。手探りの一喜一憂のなかを歩いていた。

手を止め、眼をつむり、長いこと動かない。

夜は眠るともなくうつらうつらして明け方を迎えた。

そんなオヨを見たまだ幼い息子の新之亟が飛びついてきて泣いた。六之助も呆然としている。

次の日も次の日も同じ様子だった。

「ごめんね、新之亟。すみません、心配させて」

二人に詫びる。

心は揺れに揺れた。

(もうあれこれ考えてもしようがない)

オヨは頭より手を動かすことに熱中した。手のおもむくまま、五感に頼ることにした。

だが、やはり思うようには織れなかった。

（どうしたらいいの、どうしたら）

それでも居坐機から離れなかった。

夜ごと夜ごと夜なべをした。

ある夜のこと。疲れ果てたオヨは、居坐機に両足を伸ばし、手に杼と筬を握ったまま、うたた寝をしていた。忍び込んできた温かな春風が髪をなでた。
（オヨ）
母ふきの声が聞こえた。

（おっかさん！）

（辛いかい）

（ええ。いつまでたっても出来ない。道は遠いの）

オヨは夢を見ていた。

（新しい紬、お前ならきっと出来る）

繰り返し励ましてくれたあの言葉をまた耳にした。

母はオヨの才能を見出し、ずっと見守ってきてくれたのだった。

（もう一息。がんばるのよ）

（でも、もう……）

（なに弱音を吐いているの。あきらめたら負けよ、恐れたらだめよ）

子どものころオヨを鍛えた厳しい母に戻っていた。

（新しい栃尾紬をつくって村を助けるの。精一杯を尽くすのよ）

オヨの脳裏に、あの天明の凶作、飢饉が蘇った。

米はおろか粟や稗も満足に獲れなかった。食う物もなく葛や独活、蕨の根を掘り、木の皮や葉まで食べた。そんな困窮の暮らしのなかでオヨは双子を早産し、死なせた。やっと産まれた新之亟も流行病で死ぬ目に遭った。村の子どもや老人の命が次々に奪われていった。

もう米作りだけでは村は守れない。いつのころからかオヨも考えていたことだった。

（さあ、起きなさい）

母はオヨの肩に手をかけた。

（準備はいいかい）

オヨは居坐機に座り直し、腰と両手足を使って操り出した。杼と筬は巧みに動いてくれた。

だが、縞柄の織り目の不揃いと歪みは依然として直せなかった。

（オヨ、もっと肩の力を抜きなさい。まずは強い弱い、織りに強弱をつけてみて）

（こう？）

強く、弱く。力の加減を調節しながら繰り返し何回も織ってみる。

（そうそう）

母はじっと眺めている。

（今度は、遅い速い、遅速でやって）

オヨは小首をかしげながらも言われた通りに、それを繰り返した。

（そうか、やっぱり）

額に手をやり母はつぶやいた。

（オヨ、強弱と遅速の両方を周期的に反復したらどうなるかな？）

（ええっ）

複雑で時間のかかる気の遠くなるような作業に取り組んだ。無心に手足を動かした。

（そこよ、そこ、そこさえうまくいけば……）

母のうれしそうな声だった。

機織りの師匠は、一にもに二もこの人以外にはいなかった。

師匠は常に上を見ている。

きっと自分が望んでも出来なかったことを娘に託しているのかもしれない。断とうにも断ち切れない母の思い。胸に熱いものが込み上げてきた。

（おっかさん、まかせて）

微笑んでみせた。

新作の完成品はようやく脳裏に出来上がっていた。

(あとは美しい色彩だけね。オヨの新しい栃尾縞紬はすぐそこよ。楽しみながらやるのよ)

そう言うと母は手を振りながら姿を消した。

子どもは未来をつくる。その未来の行く手を照らすのは母親なのかも知れない。見守られる愛がある限り人は何倍も強くなれる。オヨはそう思った。

降り積もる雪に大きく竹がしなった。突如、雪をはね返して立つ竹の音が聞こえた。


夢か現か幻か。母の出現に強く心を揺り動かされたオヨは、日々をはつらつと生きた。

母の遺言、教えを繰り返し試みた。失敗を重ねながらも確かな手ごたえを感じていた。

無心に機織に向かっていると機の音や糸の顔が語りかけてくるように思えた。身体はきつくとも心は喜々としていた。織ることがこの上なく愛おしかった。

半月後のある日。

織っていたオヨの手が一瞬止まった。

(う、これは)

何かが弾けた。何かがひらめいた。身体中にざわざわと鳥肌が立った。

オヨは夢中で手足を動かした。五感を研ぎ澄ませた。すると自分の意思とは関係なく手足、身体が居坐機と一体になって踊るように流動した。言葉では説明できない一瞬だった。神の啓示、贈り物だったのかも知れない。

「出来た！」

感極まった声が響いた。

「どうした、オヨ」

六之助が飛んできた。

「やっと」

オヨは織り上げた布を指さした。

「おおっ」

そこには折り目の不揃い、歪みを克服した美しい縞紬が輝いていた。父が十日町から持ち帰ってオヨに与えた手本の端切れの織物を超える出来栄えだった。憧れだった高い山の頂に登りつめたと思った。

今まで見たこともない形、模様、変化に富んだ色。意匠をこらした新しい見事な栃尾縞紬の誕生だった。立派に成し遂げたのだった。

オヨは泣き伏して長いこと肩をふるわせていた。

「ご苦労だったな。オヨ、お前は天才だ」

六之助が肩を叩いた。

（私は天才なんかじゃない。ただ幼いときから機織りが好きで、美しい紬が作りたかっただけ。誰にでもできることを誰にもできないくらいやってきたかもしれない。遠い昔から黙々と織り継がれてきた女子衆の苦労と喜びがきっと開発につながったのだわ）

寛政四年（一七九二）風光る春先のことだった。

雪国の春は遅い。やっと山々の雪が消え、うらうらと日ごとに暖かくなっていた。

オヨが創始に成功した縞紬は、縹色《はなだいろ》（薄紺）の地に桑色の千筋縞模様の織物だった。非凡な着想が浮かんで次々に新しい柄の縞紬を織り上げていった。例えば、裏葉色（薄緑）の地に柿渋色と薄紅色の子持縞。亜麻色の地に朽葉《くちば》色と利休鼠《りきゅうねずみ》の縦縞模様……。

縞柄は荷頃のオヨが初めて織り出した千筋の縞をはじめ、万筋、小立、大立、滝縞などが競って生み出されていった。後に栃尾郷の各村で田之口の黄縞や中野俣の鼠縞、一之貝の絣縞、栗山沢の黒字縞などさまざまな縞柄が作り出された。配色は藍色を地に茶や憲法黒など藍、黒、茶、鼠色の組み合わせがほとんどだった。

新しい栃尾縞紬はまた、繊細な手触り、肌触り、絹特有の光沢と渋い趣のある風合いが特徴だった。織りに高度な技を要した。オヨはその先駆者だった。

「オヨが新しい縞紬を完成させました」

六之助が知らせに歩いた。

父の吉十郎と兄の由吉夫婦がやってきた。

「おおっ、これはみごと」

父は布をなでさすって、しみじみと眺めた。

しばらく言葉もなかった兄も言った。

「苦労が実ったね」

次の日。

親友のきくが汗をふきふき駆けつけた。

「オヨさん、すごい。よかった、よかった」

眼がうるんでいた。

「ありがとう。きくさんの励ましと応援があったからよ」

オヨの縞紬はたちまち評判になり、栃尾郷全域、やがて越後中の耳目を集めた。

第10章　双子織

オヨの織る縞紬の評判はみるみる広まっていた。

しかしオヨは満足せず、さらに納得のいく紬をと励んだ。

それからまた何年か経った。

ある夏、成長した息子新之亟が東谷村の宮沢へ向かった。神楽舞仲間とともに盆祭礼に雇われたからだった。

先祖の霊を供養する祭りで、多くの村人が集まった。家々の外では篝火《かがりび》がたかれ、神社では輪になって賑やかに盆踊りが繰り広げられた。その輪の中でひときわ目立ったのが新之亟だった。

新之亟は母オヨが織った手拭縞を単衣に仕立てた浴衣を着ていた。元は母が苦心の末に拵えた縞紬だった。

「わあ、きれい」

「見たこともない」

集まった老若男女が新之亟を取り囲んだ。美しい紬の配列と配色に眼を見張り、誰もが驚きの声を上げ、ほめ称えた。

オヨの縞紬の値打ちは、栃尾郷を超えて越後をかけめぐった。

栃堀村の庄屋、植村角左衛門の耳にも噂は伝わった。

凶作、飢饉から村の疲弊を救うためには稲作以外の道も考えねばならない。庄屋と跡継ぎ左兵衛の長年の思いは、二年前ほぼ実現したかに見えた。栃尾郷にあった絹織物を改良して大量に生産し、売り出すというものだった。その念願の新しい織物は、妻あさの献身と苦労で目途が立っていた。しかし、商品としてはもう一歩という段階にあった。

(百姓の女房と聞いたが、一体どんなふうに織ったのか)

庄屋角左衛門は居ても立ってもいられなかった。

「私も会ってみたい」

妻のあさも同じ気持ちだった。

二人はオヨの父親吉十郎を間に立てて訪ねることにした。

角左衛門と吉十郎は、双子の一人サヨを角左衛門に預けて以来二十数年ぶりの再会となった。オヨとサヨのことは双方とも約束通り一切他言しなかった。

それは二人のためを思ってのことだった。双子が忌み嫌われていたことや貧しさが原因だった。サヨが養父母の角左衛門とあさ夫妻にどんなに可愛がられ大事に育てられてきても、自分が養子に出されたことを知った時の悲しさや落胆。捨てられたと思い悩むかもしれない。一方のオヨがそれを知ったときの失望感。そのことを吉十郎と角左衛門双家が懸念し話し合った結果、双子であることを二人にも周りにも告げないことにしたのだった。

二人の男の髪は、霜を得てすっかり白くなっていた。

荷頃のオヨの家。

「庄屋様、むさ苦しい所へわざわざお越しいただき誠に……」

六之助が腰を折った。傍でオヨが身体を小さく縮めていた。

オヨが顔を上げた。

初めて会う眼の前の角左衛門は総髪、小柄、澄んだ眼をしていた。

(ふーむ、似ている)

(そっくり)

庄屋夫婦はオヨを見つめてあんぐりと口を開けた。

小柄で色白、切れ長の眼。もはや少女でもないが微笑むとえくぼができた。背格好も同じだった。唇と顎の下に小さなホクロが見えた。

夫婦はしばし見とれた。

吉十郎から双子の一人を養子にもらい受け、育て、嫁がせたサヨに生き写しだった。ただサヨにはホクロはなかったが……。

庄屋は思い出したように言った。

「いや、この際、固い挨拶は……。早速、新作の紬を見せてくれまいか」

オヨが先に立って庄屋夫妻と吉十郎を板敷の織り部屋へ案内した。

茶褐色に光る使いこなした居坐機があり、傍に幾種類もの縞柄模様の紬の反物が並べてあった。

庄屋角左衛門は、その一つを手にとった。

オヨが創始に成功した初めての縞紬だった。薄紺の地に桑色の千筋縞模様の織物だった。

「なんと美しい」

瞬きもしないで見つめていた妻のあさが感嘆の声を上げた。

「おお、これは」

庄屋もうなった。言葉が見つからないという風だった。

「どうやってここまで」

「はい……」

オヨはぽつりぽつりと語り出した。

「小さいころから機織りが好きでした。恥ずかしながら村で一番の織り上手とも言われました。父が十日町から美しい縞柄織物の端切れを持ち帰ってきてくれました。それを手本に栃尾でも新しい紬がつくれないものかといろいろ試作してみました。でも、そう簡単にはいきませんでした。途中、無理をして双子を早産し、死なせました。その後授かった新之亟も流行病で危ない目にあわせました。幾つもの犠牲と多くの人の協力で出来上がりました」

庄屋夫妻はじっと聞き入った。

「何度もあきらめかけました。私もただの織子。苦しかったです。でも『お前ならきっと新しい織物が出来る』と天国の母に励まされました」

話しながらオヨは幾度も涙を拭いた。

「そうであったか。苦労したな」

聞き終わった庄屋はしみじみと労った。

「オヨは強いのう」

「弱いままでは何も出来ませんでした」

しばらく沈黙が流れた。

やがて庄屋も語り出した。

「わしものうオヨ、村を凶作、飢饉から救うために何が出来るかずっと考えてきた。稲作だけではもはや立ちいかなくなった。栃尾郷の絹織物を何とか改良できないものかと妻とともに取り組んできた。だが、オヨのようには出来なかった」

「恐れ多いことで……」

オヨは身をすくめた。

庄屋角左衛門は、幕藩のお抱え農政学者の誰彼ではなく一人の名もない百姓の女房が優れた開発を成し遂げたことに深い感銘を受け、心を動かされていた。世を進めるのは一握りの武士ではなく無名無数の民百姓なのではないか。底辺に生きる人々の中にこそ凄い人たちがいるのではないか。そう思わずにはいられなかった。

庄屋夫妻はオヨの織り上げた縞紬を手に取り、なでさすりながらうなずき合った。

「どうだろう、妻にその技を教えてはもらえないだろうか」

「はっ?」

オヨは眼を見開いて驚く。

(私のような百姓女が庄屋様の奥様に教える……)

六之助も、吉十郎も意外という表情を隠せない。

「この縞織物を自家用だけに、栃尾だけに埋もれさせるのはいかにも惜しい。力を合わせてさらに改良し、銘柄として世に出そうじゃないか。そして飢饉から栃尾郷の村々を救おう。力を貸してはくれまいか」

庄屋はオヨの眼を見つめ、熱く、切々と語った。

言葉の一つ一つがオヨの心に強く迫った。

(庄屋様は本気だ)

「わかりました。私にできることなら何でも」

オヨは知らぬ間に床に手を突き、頭を下げていた。

機織りの技術は身分を超えた。

親子ほども違う二人の出会いは、栃尾紬に一大転機をもたらす幕開けとなった。


庄屋角左衛門の妻あさは、オヨに教えを乞いに通った。

これまでも栃尾紬の改良のために励んできただけに筋もよく機転も効く人だった。二台の居坐機を間に話し合い、知恵を出して工夫を重ねた。

年ごろから母のやさしさを思わせ、すぐに打ち解けることができた。オヨの家族ともすっかり仲良くなり、長期に泊まることもしばしばあった。

「娘も小さいときから機織りが好きでね」

あさはある日、オヨと同じ年ごろだという嫁いだ娘の話をした。

「お会いしたいです」

娘さんにも知恵を借りたい、手伝ってほしいと切に思った。

あさが、娘のサヨを連れてきたのは五日後のことだった。

玄関にサヨが現れた。

まずオヨの夫六之助、母や妹が驚いた。眼をこすってオヨとサヨを見比べて声を失った。

「一体どうしたの」

当のオヨが不思議に思って聞いた。

誰も答えない。

オヨはサヨを見た。

サヨもオヨを見た。

お互い食い入るように見つめ合った。

(ここに姿見があったら写せるのに。きっとそっくりなんだわ。なんという不思議)

二人は同時にそう思った。

「他人の空似というけれど、本当によく似ているね」

二人が双子だと知っている、あさが両手を広げ、いかにも驚いたというしぐさをした。

「どうぞお入りになって」

オヨがサヨの手を取って織り部屋に案内した。

「わあ、美しい紬」

オヨが織り上げた栃尾郷の新しい縞柄紬を手に取ったサヨが声を上げた。

「どうやって……」

小さいころから織ることが好きだったサヨがさっそく耳を傾けた。

オヨが居坐機に向かって織りながら、これまでの苦労と喜びを語り始めた。

「そうなの」
「大変だったわね」
「で、その時どうしたの」
サヨはうなずきながら聞き入っていたが、
「隣りの織機に座って私も織りながら続きを聞いていい」
そう言って身体を動かした。
「うれしいわ」
オヨが楽しそうに大きな声で答えた。
トントン
トントン
二人は心ゆくまで織った。
言葉は不要だった。
トントン
トトン
トントン
織機の軽やかな音が、二人の気兼ねのない会話。
合わせるわけでもないのになぜか呼吸が自然に合っていた。

顔を見合わせてうなずき、微笑む。

（この居心地のよさ、安らぎは何なのかしら）

（きっと他人じゃないのだわ）

二人は密かに思っていた〝もう一人の私〟にやっと会えた気がした。

ゆったりと、のどかで、幸せな時間が流れていた。

二人の姿に見入っていた、あさは胸を熱くした。

（双子織りの双子紬だわ）

違うところで育ち、違うところで暮らし、違う運命のなかを生きてきたオヨとサヨ。これまた何の運命か、今こうして一緒に、にこやかに紬を織っている。祝福されていい、よき運命だったのだ。

（会えてよかったね）

二人の姿が涙でかすんでおぼろに見えた。

オヨはその夜、星空でサヨと楽しく機織りをしている夢を見た。サヨも同じ夢を見た。夢よ覚めないで、と二人は思った。

いや、夢ではなかった。

以後、二人は度々並んで織機に座り、栃尾の縞紬を楽しんだ。

そんなオヨとサヨは、すっかり村々の話題になった。

縞紬の教えを乞い願ってオヨの家を訪ねて来る女子衆も少なくなかった。栃尾郷の新しい縞紬を広めていくことは庄屋との約束の一つだった。

「おはよう」

ある朝、近所の百姓の女房がやってきた。

「おはようございます」

「忙しいのに悪いのう、頼んでいたあれだけど……」

「…………」

「出来たかいのう?」

「…………」

へんだな。髪型を少し変えたかなと女房は思った。

「オヨさん」

「私は、オヨさんではありません」

「ええっ」

「…………」

「あ、どうも」

オヨが出てきた。

女房は眼を見開いて二人を見つめた。

オヨとサヨは下を向いて苦笑していた。

こんなこともあった。

その日の織り仕事が終わった。

「サヨ、帰るよ」

言われた相手は慌てる様子もない。

「ほら、早くしないと暗くなるよ」

あさが急かせる。

「お母さん、サヨさんはいま隣の部屋で帰り支度をしています」

「あれっ」

(そうか、よくみたらホクロがある。あなたはオヨさんだった)

「ごめんなさい。ほんとによく似ているんだもの」

「すみません」

まもなくサヨが戻ってきた。

「何、なにかあった?」

あさとオヨの二人は手を口に当て、笑いをかみ殺していた。

来る人来る人、二人を見間違えた。

それで、いつの間にか「ホクロのオヨさん」で見分けるようになった。

そんなにも瓜二つなのか。オヨとサヨは一方の姿を見て自分を認めた。

染めや織物には豊富な水も必要だった。オヨの家の近くを大きな川が流れていた。そこへ水汲みに行くのも大事な仕事の一つだった。

「サヨさん、手伝って」

オヨが枯葉を踏みしめ水桶を抱えて先に立った。

川は緩やかに澄んで、時々、流れを止めたように見えた。

二人はふと水面を覗いた。

「あっ」

どちらからともなく小さな声が漏れた。

そこに背格好も顔形も、肌の色もまったく違わない二人が映っていた。

少女や娘の時代を経て結婚、子育て、機織りに励み、懸命に生きてきた成熟した二人の女の姿があった。

「水鏡と言うんだわ」

サヨがつぶやいた。

うなずいたオヨがしみじみと言った。

「私たち、前世で、ううーん、この世で実は双子なのかもしれないわね」

「きっとそうよ」

サヨがこたえた。

ゆったりと和やかで安らかな夕刻のひとときだった。

二人は実の双子だということを知らない。おそらく永遠に知ることはないだろう。

少し風が出てきた。

川向こうの木々から赤や黄色の葉が降るように舞い散ってきた。


庄屋の植村角左衛門は、オヨやサヨたちのたゆまぬ努力によって栃尾郷に新しい縞紬が誕生したことを実感し、喜んだ。その商品化と大量生産が疲弊した村を救う確実な一番の近道だという固い信念をもっていた。

縞柄の新しい紬は成功したが染めの面ではまだ劣っていた。だが後年、丹波屋佐右衛門が蒲原藍に代えて阿波から藍玉を移入し、信州上田から染め職人を雇って改良に務めた。

植村角左衛門は、その商品を栃尾郷だけに埋もれさせず市場を開拓して越後、さらに広く諸国へ発信させるべきものだと考えていた。

だが、反対する者たちもいた。理由は――。

栃尾縞紬の技を栃尾郷以外に広めたら儲けが拡散してしまう。なんのための開発だったのか分からなくなる。栃尾郷が潤えば、それでいいではないか。人がよ過ぎる。

というものだった。

その強行論者が栃堀村の大庄屋、高橋庄之助だった。もともと大庄屋と角左衛門は何かと確執があり、反りが合わなかった。大庄屋の下に組頭、百姓代などの村役人がいた。

角左衛門は跡取りの左兵衛とともに説得のために村々を歩いた。

「新しい縞紬は栃尾郷だけではなく諸国を救う宝物。栃尾の女たちが営々と織ってきてたどり着いた素晴らしい特産物だ。凶作、飢饉のこの時代、一地域、一藩だけの利益ではなく全国のあり様や成り行きに眼をすえることが大事じゃ。そうは思わないかのう」

角左衛門の熱い思いは村役人たちの胸に徐々に灯をともしていった。

もともと村役人たちも、大庄屋の支配、無理難題に服従させられてきた。意に沿わない者は厳しく叱責され、遠ざけられた。とくに平百姓の窮状を代弁するような庄屋や村役人が嫌われた。

角左衛門と大庄屋のどちらの言い分が正しいか、どちらが誠の味方か。それははっきりしていた。

「水飲み百姓どもが。楯突きやがって」

大庄屋は孤立し、そして、ついには沈黙を迫られた。

角左衛門は流通機構をはじめ、思い切った施策を次々に打ち出した。

「子方」と呼ばれる百姓たちによって織り上げられた縞紬は「親方」と呼ばれる村役人のもとに集められ、せりで仲買人に売られた。仲買人のうち店持は紬宿を営んだ。「親方」「子方」

の関係は、仲買人などの不当な買いたたきに対抗するためでもあった。紬宿には越後界隈だけではなく三都（江戸、京、大坂）の商人も泊めて広く取引をした。

オヨの天才的な技量と意欲的な開発、庄屋植村角左衛門の知恵と尽力。二人の出会いによって栃尾の手織り縞紬は一躍脚光を浴びて世に出、村を救ったのだった。

オヨは栃尾郷村の女たちに縞紬の技術を教えて敬愛され、感謝された。文政四年（一八二一）十月に没した角左衛門もまた「救いの神様」「機神様」と呼ばれるようになった。植村家は後に縞紬発展の家柄として長岡藩の小納戸御用達に任命された。

嘉永元年（一八四八）には植村角左衛門を祀った貴渡《たかのり》神社が建てられた。名匠石川雲蝶が神社の長押しに桑摘みと蚕の飼育、繭煮と機織りなどのみごとな絵巻風彫刻を施した。栃尾縞紬創製者の大崎オヨとそれを見守る庄屋植村角左衛門に見立てたものと伝えられたのであった。

栃尾郷の山々は全山、紅葉していた。金色に輝きながら風にのって空中を舞う様は幻想的であった。

ある日の午後。

栃尾縞紬の完成と発展を願ってオヨの家でささやかな祝いの集まりがあった。

オヨがいた。隣にサヨがいた。あまりにも似ていて、見た目にはどちらがオヨでどちらがサヨか分からない。

庄屋の植村角左衛門・あさ夫妻と跡取りの左兵衛、オヨの父吉十郎と兄の由吉夫婦もいた。

オヨの親友きくの顔も見えた。
「ひとつ見せてもらえまいか」
角左衛門が言った。
「そうだ、見せてよ」
オヨとサヨが織部屋に入った。
みなが連なって後に続いた。
二人は二台の織機に座った。
オヨが眼で合図すると二人の手足が動き始めた。
両足を伸ばし、手には使い慣れた杼と筬。
トントン
トントン
トントン
オヨの織る音がする。
トントン
サヨの織機からも聞こえてくる。
響き合ったら一瞬は永遠になる。
弾むような柔らかい音だ。

二人の手足と身体が一体になって動く。身体が機の一部になって踊っているように見える。次第に速さも増していく。みるみる美しい縞柄模様の紬が織り上げられていく。
「ほう」
「なんと見事な」
二台の周りからため息が漏れる。
見る者をいつしか夢心地にさせた。
オヨはふと父吉十郎に教わった「絆」という言葉を思い起こしていた。断とうにも断ち切れない人の結びつき。一本の糸は半分に折られて二重になれば、その強さ大きさは倍になる。双子姉妹もそうに違いない。オヨにとってサヨは自分の人生にとってかけがえのない存在なのだと思った。
トントン
トントン
トントン
トントン
オヨとサヨの機織りの音は競い合い、響き合い、確かめ合うようにいつまでも続いた。
「あっ」
オヨの親友きくが空を指さした。

「虹が出ている」

いつしか雨はあがり、虹がかかっていた。

虹は栃尾郷の山々をつなぎ合わせ、ややあって今度は二重になって村々を七色に照らした。燃える紅葉と虹の鮮やかな絢爛たる色彩がオヨたちを幻想の世界へ誘っていった。

エピローグ

日本の織物は古い歴史をもつ。その始まりは縄文時代とも、養蚕技術が本格的に発達した奈良時代ともいわれる。西陣織、加賀友禅、結城紬、越後上布、琉球紅型など、それぞれの地で生まれ育ち営々と伝統を築いてきた。

大崎オヨが栃尾縞紬を創始した八年後の寛政十二年（一八〇〇）には、筑後の十三歳の少女井上伝が久留米絣を発明して人々を驚かせた。

大崎オヨと庄屋の植村角左衛門が栃尾縞紬を創製し凶作、飢饉から村々を救ってから茫々と二百数十年が経った。

歴史は連綿と続き途絶えることはない。

栃尾紬も幾多の変遷を経た。

江戸から明治へ。明治末期から大正期にかけて手機から動力織機に代わり、量産化が進められた。太平洋戦争で壊滅的な経営不振が続いたが、戦後は合繊織物に転換し、隣町の見附とともに全国的化繊の町に発展した。その出荷額は「東の西陣」とも呼ばれたが、昭和四十六年（一九七一）ころから下降線をたどった。さらに機業の機構改革が迫られ、超高速自動織機に切り替えられ、栃尾紬の行く末に大きな影を落としていった。

こうした時代の移り変わりのなかで栃尾の手織り物は次第に姿を消していった。かつて百軒以上もあった機屋も今は八軒を数えるのみとなった。

栃尾といえば「栃尾の油揚げ」が全国的に有名で、栃尾紬は忘れられた感もある。だが、今も昔ながらの手織りの栃尾縞紬などを織り続け、後世に残すために情熱を傾け、努力している人もいる。

（株式会社）「かざぜん」四代目社長の風間貴之さん、六十歳。草木染織工房「露石庵」庵主でもある。

略歴を拝見すると――。

大阪芸術大学工芸科染織コース卒業。

京都吉岡工房（現　染司よしおか）で故吉岡常雄氏に師事、草木染め全般を学ぶ。

「かざぜん」に入社、十日町テクノスクールで再度織りを学ぶ。

大沢石雄氏から天然灰汁発酵建て藍染を習う。

「かざぜん」に草木染織工房「露石庵」を開設。

五行の略歴からも織物にかける真摯で熱い思いが伝わってくる。

京都修業時代の風間さんには伎楽衣装制作で薬師寺の高田好胤管主から、昭和大修理完成慶讃法要厳修の協力で法隆寺の大野可圓管主から感謝状が贈られている。

「かざぜん」の沿革――。

明治中期に風間善之丞が紬織物に携わったのが始まり。その後幾多の変遷を経て、昭和八年（一九三三）に二代目善三が紬の商いを始め、三代目甲二が戦後間もなく紬織物製造を開始して昭和三三年（一九五八）に株式会社「かざぜん」を設立した。「露石庵」は善之丞の俳号からとった。

風間貴之さんは、営々と続いた家業の紬織物の伝統を守り、さらに時代に合った感覚で新しい染織を創始してきた。各種素材の特徴に応じた織り染め、一品一品の風合いや表現を大切にしている。

例えば登録「絹紅梅」は、極細の絹糸地に太い綿糸や麻糸を格子状に織っている。細糸と太糸で織られているので、生地の表面に凸凹ができることから、本来は「勾配織り」だが「勾配」では味気ない。そこで「勾配」を「紅梅」として「絹紅梅」と名付けた。

染織は、栃尾紬、手織生紬、絹芭蕉や古代技法草木染全般、天然灰汁発酵建本藍染、天然柿渋液染・雪中枯らし、と多岐に及んでいる。

多忙な風間さんを栃尾新町の自宅にお訪ねしたのは、朝から雨の降る令和二年（二〇二〇）

十一月十六日の午後、そして同じく冷たい雨の降る十二月十一日午前のことだった。豪雪の栃尾郷にはまだ雪は降っていなかった。

「お待ちしていました」

玄関に迎えて下さった。

風間さんは、織物職人というより学者タイプの人だった。

二回にわたってお話を伺った。

——栃尾縞紬の創製から二百数十年が経ちましたが、その伝統や歴史をどんなふうに思われますか？

「先人たちの努力もあって、発展させつつも昔の形を受け継いで残っている。考えてみれば凄いことだと思います。織物は営々と築き上げられてきた日本人の大事な和の文化の一つですからね」

遠く祖先たちへ思いを馳せるような眼差しだった。

——機械織りではない手織りのよさとは何でしょう
「なんといっても風合い、手触り肌触りでしょう」

——風合いとは？

「機械織りの織機フレームは鋳物や金属です。一定のスピードで織りますから弾力性がなくなります。一方、手織り（小幅の和装織物）のフレームは木であり人間です。人間の動作、その連動、全身運動で織られます。熟練者の手になると素材に対してちょうどいい硬性、弾力が生まれます。腰《こし》や張りの力加減も上手でなければいけません。下手な人だと均一にきれいに織ることはできません。風合いはそうしたことの積み重ねから滲み出てくるものです」

（注　小幅織物の両耳間の幅は薬三六㎝、大幅は約七二㎝）

――小幅の手織りが淘汰され、下降線をたどり、激減した原因は何だったのでしょう。

「機織りを取り巻く環境の変化が一番の理由だと思います。

山間部に弱電部品の内職が広まり、同じ集落に何人かいた織子が手織りからそっちへ移ったりしました。また、家を建て直したりした際に、スペースを必要とする手織り機の置く場所がなくなったり、振動で家人に敬遠され織り続けられなくなる人が増えて手織りに従事する人が減少しました。

うちも糸を買っていますが、昔から比べたら品質が落ちています。しかも県内では手に入らず、他の産地に注文しています。最後の風合いを引き出す仕上げも小千谷や十日町に出しているのが現状です。もはや一つの地域で完結できなくなってきています。

繭から糸を引く人も年々少なくなってきています。それに玉繭の価格も高騰しています」

――着尺の絹機屋は「かざぜん」一軒だけになったと聞きます。今後、栃尾紬の伝統を受け継ぎ、発展させていくために必要なことは何でしょう。

「着尺の織機の部品は、いまはなかなか手に入りません。綜絃を作る人が減っています。特に弊社で使っている絡み織用の綜絖はなおさらです。杼を作るところも北陸で一社あるのみです。機械そのものも新しい織機が造られているのは広幅洋装用のシャトルレス（杼無）織機だけです」

——もはや個人の努力だけでは……。

「そうだと思います。伝統を受け継ぎ、広めていくためにはそれなりの公的援助が必要だと思います。例えば、伝統工芸品指定にはいくつかの条件がありますが、地域で一軒だけでは指定は受けられません。同じ新潟県でも越後上布や小千谷縮は重要文化財や文化遺産に指定されています。織物研修センターや技術支援センターがあり人材育成のための講習を受けることができますが、残念ながら栃尾にはありません」

一瞬、眉を曇らせます。

（注　伝統工芸品指定要件5項目＝「伝統的工芸品産業の振興に関する法律」）

——だが、伝統を守りつつ新しい織物を創造していくという風間さんの情熱は変わることはありません。

「露石庵には若い人が育っています。そのなかには二十代、三十代の女性も含まれています。ハローワークの紹介で来たのですが、私の方が心配して『機屋でいいの』と言ったぐらいです。今はみんな生き生き一生懸命です。覚えもとても早い。大いに期待しています。将来が楽しみです。それにもう一つ計画が、手織りを復活させます。構想はすでにあります」

栃尾紬の過去、現在、未来を見据えた固い信念が眼に宿ります。

若い彼女たちのなかから現代の大崎オヨが生まれ出るかもしれない。そして庄屋植村角左衛門の役割を担うのはこの人、風間貴之さんに違いない。

あとがき

凶作や飢饉が打ち続く江戸天明期、越後の山深い栃尾郷が舞台です。疲弊した村々を救うべく苦難の末に栃尾縞紬を創製した大崎オヨと、諸国にその販路を広げるために尽力した庄屋植村角左衛門が主人公です。

この作品にこめた私のメッセージは、植村角左衛門に言わせた次の言葉です。

「庄屋角左衛門は、幕藩のお抱え農政学者の誰彼ではなく一人の名もない百姓の女房が優れた開発を成し遂げたことに深い感銘を受け、心を動かされていた。世を進めるのは一握りの武士ではなく無名無数の民百姓ではないのか。底辺に生きる人々の中にこそ凄い人たちがいるのではないか。そう思わずにはいられなかった」

歴史を深く下降せよ。無名の傑出した民百姓をこそ表舞台へ！　時代歴史小説を書く私の変わらぬ立ち位置です。

オヨと角左衛門の記録は僅かで寡黙でした。歴史的時代背景を押さえつつも、物語はあくまで想像と創造の世界です。

『栃尾郷の虹』は、私の越後時代歴史小説の四作目となりました。

多くの方々に教えを請い、お世話になりました。

現地長岡市栃尾の露石庵・風間貴之さん（「エピローグ」に登場）、保科進さん、十日町織物組合の髙橋毅一さん、ハピネスの太田久美さん、私の在住する埼玉県三郷市の「駒井礼法きもの学院」院長の駒井ゆき子さん、かつての同僚君塚陽子さん。

お名前を記して深く感謝を申し上げます。ありがとうございました。

二〇二一年三月　越後湯沢にて

玄間太郎

【主な参考文献】

《栃尾市、新潟県の歴史》
『栃尾市史』（栃尾市編集委員会）
『少年少女　栃尾の歴史』（栃尾市役所）
『図説　新潟県の歴史』（河出書房新書）
『江戸時代　人づくり風土記⑮新潟』（農文協）
『越後歴史考』（渡辺三省、恒文社）
『県央　新潟県の歴史』（山川出版）
『雪国大全』（佐藤国雄、恒文社）
『現代語訳　北越雪譜』（荒木常能訳、野島出版）

《織物、紬》
『越後の伝統織物』（土田邦彦、野島出版）
『衣《ころも》風土記』（法政大学出版局）
『日本の織物』（北村哲郎、源流社）
『染と織のある暮らし』（太陽編集部編）
『織りの事典』（朝日新聞社編）
『日本の伝統染織事典』（東京堂出版）
『図説　紬と絣の手織技法入門』（吉田たすく、染織と生活社）

主な参考文献

『江戸衣装図鑑』（菊地ひと美、東京堂出版）

《結婚、お産》

『お江戸の結婚』（菊地ひと美、三省堂）

『お産の歴史』（杉立義一、集英社新書）

『いのちを産む』（大野明子、Ｇａｋｋｅｎ）

《子ども、女性、病気》

『日本幼児史』（柴田純、吉川弘文館）

『家族と子供の江戸時代』（高橋敏、朝日新聞社）

『絵本　子どもたちの日本史』（大月書店）

『図録　近世女性生活史入門事典』（柏書房）

『人物日本の女性史⑨⑩』（集英社）

『日本史の中の女性逸話事典』（中江克己、東京堂出版）

『江戸の百女事典』（橋本勝三郎、新潮選書）

『江戸の流行り病』（鈴木則子、吉川弘文館）

《民話、民族、子守唄》

『新潟県の民話』（日本児童文学者協会、偕成社）

『日本の昔話１００話』（日本民話の会、偕成社）

『暦と行事の民俗誌』（八坂書房）

『日本の子守唄』（西舘好子、遊学社）

《修験者、薬草、食》
『天狗と修験者』（宮本袈裟雄、人文書院）
『山伏・入峰・修業・呪法』（和歌森太郎、中公新書）
『伝承薬の事典』（鈴木昶、東京堂出版）
『薬草のちから』（新田理恵、晶文社）
『身近な「くすり」歳時記』（鈴木昶、東京書籍）
『日本農書全集⑱民間忘備録他』（建部清庵他、農山漁村文化協会）
『日本の食生活全集⑮』（農山魚村文化協会）

《飢饉、災害》
『飢饉日本史』（中島陽一郎、雄山閣）
『江戸の災害史』（倉地克直、中公新書）
『起たんかね、おまんた―天明・越後柿崎一揆』（玄間太郎、本の泉社）

玄間 太郎（げんま・たろう）
一九四四年、新潟県三島郡出雲崎町生まれ。新聞記者四二年。
　著書に小説『青春の街』、『少年の村―出雲崎慕情』、『起たんかね、おまんた―天明・越後柿崎一揆』、『黄金と十字架―佐渡に渡った切支丹』（第九回新潟出版文化賞優秀賞）、『角兵衛獅子の唄』（第二三回日本自費出版文化賞入選）。
　ノンフィクション『朝やけの歌』、『ともかの市議選奮戦記』、『車いすひとり暮らし』。

栃《とち》尾《お》郷《ごう》の虹《にじ》

二〇二一年　四月九日　初版第一刷発行
　　　　　　四月二六日　第二刷発行

著　者　玄間 太郎
発行者　新船 海三郎
発行所　本の泉社
〒113-0033
東京都文京区本郷二-二五-六
Tel ○三（五八〇〇）八四九四
FAX ○三（五八〇〇）五三五三
http://www.honnoizumi.co.jp/
DTP　杵鞭 真一
印刷／製本　新日本印刷株式会社

ISBN978-4-7807-1994-9　C0093